Waldtraut Lewin

Wenn du jetzt bei mir wärst

Waldtraut Lewin

Wenn du jetzt bei mir wärst

Eine Annäherung an Anne Frank

Für Emma Marie!

W. Lewin

15. 03. 2015

cbj

cbj
Kinder- und Jugendbuchverlag
in der Verlagsgruppe Random House

MIX
Papier aus verantwortungsvollen Quellen
FSC® C014496
FSC
www.fsc.org

Verlagsgruppe Random House FSC® N001967
Das für dieses Buch verwendete FSC®-zertifizierte Papier
EOS liefert Salzer, St. Pölten

1. Auflage 2015

Umschlaggestaltung: init | Kommunikationsdesign, Bad Oeynhausen,
unter Verwendung zweier Bilder von © iStockphoto Europe GmbH
KK · Herstellung: AJ
Lektorat: Burkhard Heiland
Satz: Uhl + Massopust, Aalen
Druck: GGP Media GmbH, Pößneck
ISBN: 978-3-570-17108-0
Printed in Germany

www.cbj-jugendbuch.de

»Ich will fortleben, auch nach meinem Tod.«

Aus dem Tagebuch der Anne Frank

I

Das Haus ist leer. Da wohnt niemand.

Die da lebten, sind vor langer Zeit umgekommen. Davon sprechen die Bilder an den Wänden, Fotos, Installationen. Zeugnisse.

Das Haus ist stumm. Es hat keine Gerüche bewahrt und keine Töne und nicht den leisesten Hauch der Ängste, die in seinen Mauern ausgestanden wurden.

Das Haus ist schrecklich voll. Dieses Haus in der Prinsengracht.

Stunde für Stunde durchstreifen die Menschen Raum für Raum, mit neugierigen oder gleichgültigen Blicken – eine Attraktion mehr im Besuchsprogramm einer wunderschönen Stadt oder gar eine Pflicht für Jugendliche, die ihnen von didaktischen Erziehern aufgenötigt wird –, mit bewegtem Herzen oder ungerührt, eingezwängt im Strudel, in die Enge der anderen um sie herum, so wie einst die Bewohner eingezwängt waren hier, freiwillig-unfreiwillig, um zu überleben.

Man denkt, das Haus müsste sich wehren.

Einmal sollte es abgerissen werden. Vielleicht wäre das gnädiger gewesen.

In diesem Haus hat einst ein Kind ein Tagebuch geschrieben, bis es über dem Schreiben zur jungen Frau wurde. Genau hinsehend, ungezügelt in Zuneigung und Abneigung, bereit, alles aufzuzeichnen bis hin ins Unerträgliche, Unsägliche.

Diesem Tagebuch verdankt das Haus, dass es noch steht.

Soll ich wirklich hineingehen?

Der Geist wohnt doch in diesem Fall im Geschriebenen, nicht im Gebauten.

Ich lernte dies Kind, die junge Frau, übrigens nicht durch das Tagebuch kennen, sondern auf dem Theater.

Es war im Jahr 1956 auf einem Schauplatz in Berlin. Es gab ein Stück, von zwei Amerikanern geschrieben. Das Stück heißt: »Das Tagebuch der Anne Frank«.

Das ist nun über ein halbes Jahrhundert her, dass ich eingefangen wurde vom Schicksal dieses jüdischen Mädchens und der Menschen um sie herum.

Ich war damals gerade dabei, mir meine eigenen jüdischen Wurzeln bewusst zu machen – umso stärker war die Wirkung.

Wenn ich die Augen schließe, ersteht der Theaterabend lebendig vor mir.

Das mit Möbeln und Koffern voll gestellte Bühnenbild, das die drangvolle Enge des Hinterhauses vor Augen führt, die acht Menschen, ihre Ankunft mit Taschen und Koffern; die Judensterne, die sie auf ihrer Kleidung tragen, scheinen mir riesig – und um mich herum spüre ich die betroffene, von Gefühlen aufgeladene Reaktion der anderen Zuschauer. Es ist immerhin erst ein Jahrzehnt her, dass diese Sterne, furchtbare Zeichen, »gültig« waren, und sicher haben sich die Leute bis dahin mit vielerlei anderem beschäftigt, nur nicht mit der Aufarbeitung dieses Teils ihrer Vergangenheit. Nun nimmt ihnen dieses Mal auf der Kleidung den Atem. Die Besucher des Theaters sind in einem Sog atemloser Erwartung. Eine Spannung, die den ganzen Abend anhält.

Und sie steigert sich. Die Schauspieler da oben bewegen sich notgedrungen in der vorgegebenen Enge der Bühne miteinander und umeinander wie in einem schrecklichen Tanz; der Raum gibt nicht mehr her. Man weiß schon jetzt: Das kann nicht gutgehen. Reibungen unter den Zusammengesperrten sind unvermeidlich. Und sie treten ein, stürzen uns im Zuschauerraum in ein Wechselbad von Mitgefühl und Erregung.

Und dann ist da diese blutjunge Schauspielerin. Anne Frank, zart und zerbrechlich, mit riesigen Augen und runden, fast kindlichen Wangen – ein Mädchen voller Witz und Feuer, voller Anmut, Klugheit und Verletzlichkeit. Wenn sie an die Rampe vortritt, um den Zuschauern eine solche nervenaufreibende Tatsache mitzuteilen, wie, dass sich die Eingesperrten im Moment nur von Bohnen ernähren, weil nichts anderes da ist, dann verkündet sie diese bittere Bagatelle mit solcher funkelnden Bosheit, mit solchem Charme, mit so klingender Stimme, dass der Saal vor Entzücken spontan applaudiert. »Das Zeitalter der Bohnen ist angebrochen …«, sagt sie. Und wir lieben sie.

Atemlos taumeln die bis ins Mark ergriffenen Zuschauer auf das unvermeidliche Ende zu. Der Verrat, die Verhaftung. Die letzten Worte des Darstellers von Annes Vater. Das Schlimmste sei nun eingetroffen. –

Ich wusste nicht, dass man so weinen kann nach einer Vorstellung. So zutiefst aus dem Innersten weinen.

Die Erinnerung an diesen Abend bewegt mich denn doch, hineinzugehen in das Haus in der Prinsengracht.

Es trifft mich wie ein Hieb: Das Erste, was meine Augen fassen, ist das Theaterplakat jener Aufführung: Berlin 1956. Das Tagebuch der Anne Frank.

He, sage ich leise. Das können sie doch nicht meinetwegen hier aufgehängt haben?

Aber gibt es irgendeinen Grund, Zufälle nicht auszuschließen? Alles, was mir ab jetzt geschehen wird, geschieht ausschließlich mir und zum Zweck für diese Geschichte. Diese Geschehnisse.

Ich spaziere durch die Räume, mit jener seltsamen Art von träumerischer Benommenheit, die der Vorbote sein kann für etwas Besonderes, für das Unverhoffte. Etwas liegt in der Luft. Kommt es mir nur so vor, oder haben sich diese Zimmer auf einmal für mich geleert von Besuchern, dafür aber gefüllt mit Gegenständen, den Utensilien des täglichen Gebrauchs, Lampen und Geschirr, Vorhängen und Betten und Kissen, Tischen, einem Schreibtisch? Einem kleinen Schreibtisch.

Jetzt geht vor mir jemand her.

Eine schmale Gestalt. Schmal, aber groß. Ein Mädchen. Das dunkle Haar ist lockig. Gehe ich schneller, beeilt sie sich auch, verlangsame ich meinen Schritt, tut sie das Gleiche. Aber sie sieht mich doch gar nicht! Woher weiß sie …

Dann erkenne ich die Schuhe.

Eine der Vertrauten, eine der Boten zwischen der Innenwelt des Hinterhauses und der Außenwelt, der die

Versteckten ihr Leben verdanken, hat sie eingekauft für 27 Gulden fünfzig. Gebraucht. Denn es wollte Anne kein Schuh mehr passen. Sie war gewachsen.

Das sind die wunderbaren Schuhe aus bordeauxrotem Leder mit dem hohen Absatz. Elegante Schuhe. Schuhe für eine Dame. Schuhe, die man am liebsten auch nachts im Bett anbehalten würde vor Entzücken.

»Anne!«, sage ich. »Anne M. Frank.« So wie sie sich im Tagebuch nannte gegenüber der imaginären Vertrauten, Kitty, an die sie schrieb.

Sie bleibt stehen. Dreht sich um. Lächelt das berühmte Lächeln mit den Grübchen in den Wangen.

Heute ist der 12. Juni.

»Anne«, sage ich. »Herzlichen Glückwunsch zum Geburtstag.«

»Danke«, erwidert sie, und ihre Stimme ist unverkennbar die jener jungen Schauspielerin von damals. »Wie alt werde ich denn gerade?«

Ich zögere. Dann spreche ich es aus. »Du wirst in diesem Jahr fünfundachtzig.«

»Oh«, sagt sie. Und wiederholt: »Oh. Ich hatte aufgehört, zu zählen. Es ist hier drin eigentlich egal. Es dauert. Es wird wohl nicht so schnell aufhören.«

»Woher kommst du?«

Sie zuckt die Achseln. »Du hast mich doch gerufen.« Wieder das Lächeln.

»Aber mit wem bist du zusammen die ganze Zeit?«

»Mit Kitty. Nur mit Kitty. Mit ihr erlebe ich das alles immer wieder. Immer wieder. Es ist mir eigentlich genug, unter uns gesprochen.«

»Aber den anderen nicht. Für die bist du … eine Ikone.«

Nun seufzt sie. »Ich weiß. Manchmal verwünsche ich mich, dass ich diese … diese Aufzeichnungen gemacht habe, in das karierte Buch hinein. Und in die beiden alten Kontobücher, die man mir gegeben hat. Papier war knapp. Andererseits: Ohne sie gäbe es mich ja nicht.«

Sie hat sich an das Tischchen gesetzt, jenen kleinen Schreibtisch, auf dem das Buch aufgeschlagen liegt, der Füller daneben. »Es hört niemals auf, Tag für Tag. Eine Endlosschleife.«

Ich versuche, zu verstehen. »Du meinst: Du bist eingesperrt in deinem eigenen Werk, dem Buch?«

Sie runzelt die Stirn. »Ja. *Die* sperren mich ein. Die hier durch die Räume wandern. Ich soll sie belehren über eine Vergangenheit, die die meisten eigentlich nur vergessen wollen. Aber das darf nicht sein. Und so muss ich nun mit meinen – was hast du gerade gesagt? – mit meinen 85 Jahren den ewigen Backfisch spielen, altklug; ein Objekt, an dem man absehen kann, was die unschuldigen Juden zu leiden hatten. Oder was sie erleiden, das weiß ich ja nicht. Ich fürchte, es sieht nach einer Unsterblichkeit aus. Nach einer, auf die ich nicht scharf bin. Ich bin – ein Anschauungsobjekt. Ich diene der Belehrung.«

Sie – als Teil eines Museums, wie die Welt es braucht angesichts drohender Verdrängung des Gewesenen –, aber immer noch eingesperrt im gleichen Haus, das sie so sehnlich zu verlassen wünschte. Hinaus ins Leben. In die Freiheit.

Sie spielt mit dem Füller, dreht ihn zwischen den Fingern hin und her.

Ich zögere mit meiner Frage, stelle sie dann doch, so behutsam wie möglich.

»Und wenn du …?«

Sie versteht sofort.

»Wenn ich dies Buch und dieses Haus verlasse, an der Stelle, wo alles endet, und nach draußen gehe, dann gibt es für mich und für die anderen nur den einen Weg. Den Weg der einstigen Wirklichkeit. Dann brauchst du mir nicht mehr zu meinem 85. Geburtstag zu gratulieren. Zu gar keinem mehr.«

Mir kommt es so vor, als würde dies lebensvolle Gesicht auf einmal verblassen …

Er hieß Karl Josef Silberbauer, Oberscharführer der SS, ein Österreicher.

In Holland zahlte man für jeden Juden, dessen Versteck verraten wurde, sieben Gulden fünfzig. Das war bei acht Menschen eine hübsche Summe. Nur weiß man bis heute nicht, wer diese »Kopfgeldprämie« kassiert hat. Silberbauer, später in Wien danach befragt, zuckte die Achseln. Es hatte derartig viele solcher Anzeigen gegeben, wer sollte sich da noch an den einzelnen Denunzianten erinnern?

Es war August, ein heller Vormittag und nicht etwa Nacht und Nebel, als das Polizeiauto in der Prinsengracht vorfuhr. Die Versteckten im Hinterhaus konnten es nicht hören. Sie waren, wie immer, intensiv beschäftigt: Die beiden Mädchen und Peter, der Sohn der zweiten Familie, mit Lernen und Lesen, unterstützt vom Vater Frank, der ihnen Unterricht gab, die Frauen mit Kochen, Herr von Pels las.

Und dann waren da Schritte auf der Treppe. Schritte, die keine Rücksicht auf die Heimlichkeit des Verstecks nahmen. Polternde Schritte. Stiefelschritte. Schritte von mehreren.

Sie hielten den Atem an.

Denn diese Treppe war ja verborgen, versteckt hinter dem drehbaren Regal mit Ordnern, dem geheimen Zugang.

Das Ende war da.

Als Silberbauer mit seinen Helfern das Versteck betrat, die Waffe im Anschlag (man kann ja nie wissen!), standen ihm acht verstummte Menschen gegenüber, gelähmt, geisterbleich. Nach zwei Jahren der Hoffnung nun der Vernichtung preisgegeben.

Die üblichen Befehle. Jeder ein Gepäckstück. Hausdurchsuchung.

Abführen.

Silberbauer hatte es besonders auf die Schwestern abgesehen, Anne und Margot. Er trennte sie von ihren Eltern, zerrte sie brutal ins Auto, um sie auf dem Gestapo-Hauptquartier selbst zu verhören. Sicher erhoffte er sich von den beiden jungen Mädchen, dass sie noch irgendwelche Verstecke von Wertsachen preisgeben würden, wenn man sie nur »ordentlich rannahm«. Hat er die Schwestern geschlagen? Ich wage nicht, Anne zu fragen. Silberbauer war bekannt für seine brutalen Vernehmungsmethoden.

Immerhin. Seiner Achtlosigkeit verdankt die Welt das Tagebuch. Er hatte auf der Suche nach Gold und Geld den Inhalt der Aktenmappe, in der sich auch Annes Aufzeichnungen befanden, auf den Fußboden ausgeleert. So stießen die Helfer aus dem Vorderhaus später auf die Notizen …

Verhör, Lager Westbork dann. Güterwaggon nach Auschwitz. Bergen-Belsen. Da ist nur Schwärze. Das Ende.

Nein. Das soll nicht sein.

Das alles gibt es nicht, das ist der Abgrund, an den man nicht heran muss. Wenn man denn im Buch bleibt.

Wird es gelingen? Werden wir den dunklen Teil, den End-Teil wegdrücken, diese Schatten? Wird ihr Wille zum Leben stark genug sein, das alles zu vergessen?

Ich hoffe.

»Aber«, sage ich eindringlich. »Aber.«

Sie sieht zu mir auf, erwartungsvoll.

»Aber?«

»Aber du bist lebendig.«

»Du hast mich gerufen. Ich bin gekommen.«

»Wieso war das möglich?«

»Sag du es mir.«

»Es ist eigentlich ganz einfach. Du lebst in deinen Worten. Du hast sie hervorgebracht. Und dann halten sie dich entweder fest oder lösen sich von dir und gehen ihren Weg. Du bist eine Schreibende. Ich bin es auch.«

»Aber ich bin nur ein Kind. Ein vierzehnjähriges Mädchen, das Tagebuch führt.«

»Ein vierzehnjähriges Mädchen, dessen Tagebuch zu Weltruhm gelangt ist. Da kann ich nur vor Neid erblassen, Anne! Und so sage ich: Hättest du Zeit gehabt, jene Zeit, die man dir gestohlen hat – du wärst eine der ganz Großen geworden.«

»Ja«, erklärt sie ohne Scheu. »Das habe ich immer gewollt und gewusst.«

»Gut. Außerdem, Kind: Du bist eine alte Frau. Sogar ein paar Jahre älter als ich. Es wird allerhöchste Zeit, dass du aussteigst. Dass du das Hinterhaus verlässt. Du bist voller Neugier.«

»Ich platze fast vor Neugier«, sagt sie und schlenkert mit den Füßen, mit ihren schönen bordeauxfarbenen Schuhen.

»Also«, sage ich, »nun ist es beschlossene Sache. Komm mit mir! Komm ins Freie! Komm in die Welt, die man dir über sechzig Jahre vorenthalten hat! Komm!«

Sie steht auf. Wirft einen Blick auf das Tagebuch.

»Damals«, sagt sie, »da lag es an der Erde.«

»Das war die Rettung. So blieb erhalten, was du geschrieben hast. Miep Gies, deine Freundin, hat es aufgesammelt und bewahrt.«

»Ja. Miep Gies.« Sie zögert. »So kann ich es wohl jetzt auch zurücklassen.«

»Unbesorgt! Es ist inzwischen millionenfach in allen Sprachen der Welt erschienen.«

»Na«, sagt sie trocken, »das klingt ja beeindruckend.« Aber am Funkeln ihrer Augen merke ich, dass sie wirklich beeindruckt ist. Beeindruckt und stolz, wie man mit vierzehn oder mit fünfundachtzig sein darf über einen Erfolg.

»Komm!«

»Halt. Noch zwei Fragen. Bin ich nur … ein Geist? Ich meine: Kann ich fühlen, fassen, essen, trinken wie ein Mensch?«

»Du bist ein Mensch, alte Frau, ein Mensch, der fühlen, fassen, essen, trinken – und lieben kann. Was wäre das sonst für ein dummes Spiel.«

Sie nickt eifrig.

»Welche Sprache sprechen wir miteinander?«, frage ich. »Ich kann kein Niederländisch.«

»Und ich spreche kein Deutsch.«

»Ich weiß. Du hast geschrieben: Deutsch ist keine Kultursprache. Bei dem, was geschehen ist.«

»Also?«

Ich muss lachen. »Wir sprechen ja schon die ganze Zeit miteinander. Wir sprechen das Esperanto der Fantasie.«

Sie stutzt, dann lacht auch sie. »Wer bist du in diesem Spiel?«

»Eine Jüdin wie du.«

»Das dachte ich mir schon. Wie du heißt!«

Ich überlege. Mein bürgerlicher Name kommt nicht infrage. Er gehört in eine andere Welt.

Dann fällt mir etwas ein.

»Nenn mich Corelli.« Ich lächle.

Sie blinzelt. »Aber Corelli – ist das nicht ein italienischer Komponist? Einer aus der Barockzeit?«

»Ja, nach dem hab ich mich benannt. Als ich so alt war wie du, als ihr ins Versteck gehen musstet, da hörte ich genauso leidenschaftlich gern Radio, wie ihr es immer getan habt. Und eines Tages spielten sie ein Konzert von Corelli. Es ging mir weniger um die Musik. Der Namen hatte so etwas Zärtliches, wie ein Streicheln. Und ich wollte gern einen Namen haben, der wie Streicheln ist.«

»Das kann ich verstehen«, sagt sie, »Corelli!«

Sie spricht den Namen so aus, wie ich es getan habe, mit einem leicht gerollten R und das E betont. Ich habe die Stimme jener Schauspielerin von damals im Ohr, es klingt genussvoll, scherzhaft.

»Und nun komm!«, wiederhole ich energisch und strecke die Hand aus.

Und da ist ihre Hand in meiner. Fest, kühl, kräftig.

Wenn ich eine Comiczeichnerin wäre, würde ich jetzt zwischen unseren beiden Händen, ach was, zwischen unseren Körpern einen Energiestrom fließen lassen; zitternde, zuckende Blitze, so etwas wie den Moment der Vereinigung.

Und nun gehen wir durch das Haus, verlassen ihr Zimmer mit den Fotos von großen amerikanischen Filmstars und der niederländischen Königsfamilie an den Wänden, schweben vorbei an Säcken mit übel riechenden Kartoffeln mit langen bleichen Keimen (ja, die sollten eigentlich auf dem Dachboden sein, so steht es im Tagebuch), vorbei an dem winzigen Bad ohne Wanne und Dusche, an den Gefäßen aus Emaille oder Porzellan (tagsüber durfte die Toilette nicht benutzt werden), an Weckgläsern, an Lampen, Koffern, Körben, vorbei an Stühlen mit verwaschenen Sitzkissen, Bücherbrettern, hinunter die knarrenden Stufen, die sie nur nachts betreten durften, wenn das Bürohaus vorn leer war, zu jener Tür, die von der anderen Seite mit dem drehbaren Regal kaschiert wird. Durch das Lager der Firma hindurch und dann, da ist die Haustür.

Ich drücke die Klinke.

Die Tür öffnet sich langsam und wir gehen gemeinsam hindurch.

Krachend fällt sie hinter uns ins Schloss.

Wir sind draußen.

Es geht auf den Abend zu. Die Schatten werden länger.

Sie ist stehen geblieben auf der Gracht, wie angewurzelt. Macht ein paar zögernde Schritte, wie ein Tier, dem man die Käfigtür geöffnet hat und das seine Freiheit nicht fassen kann.

Sie sieht sich um, betrachtet die Passanten.

Dann legt sie ihre Hand auf die linke Seite, dort, wo das Herz ist.

»Du ja auch nicht …« murmelt sie, den Blick auf mich gerichtet, und ich begreife erst, was sie meint, als sie losschreit:

»Keinen Stern! Ich muss keinen Stern mehr tragen! Ich bin ein Mensch unter Menschen!«

Sie tanzt die Gracht entlang, erst grotesk wie ein Clown, dann immer schöner, mit fließenden Bewegungen.

»Ich kann überall hin! Ich muss nicht auf den Fahrweg ausweichen, wenn mir ein vollwertiger arischer Mensch entgegenkommt, darf mich auf jede Bank setzen, kann spazieren gehen, zu welcher Zeit auch immer ich will, bei Tag und Nacht, unter Sonne, Mond und Sternen, darf einen Park besuchen, ein Schwimmbad, einen Sportplatz, darf Fahrrad fahren, darf … darf … darf laufen! Meine Beine bewegen! Nicht nur treppauf, treppab, tagelang, wochenlang, jahrelang. Laufen! Geradeaus laufen, egal, wohin!«

»Langsam!«, mahne ich lachend. »Vergiss nicht, du bist fünfundachtzig Jahre alt! Übernimm dich nicht!«

Sie bleibt stehen, sieht mich starr an. Meinen Einwand überhört sie.

»Und ich darf reden, sprechen, plappern den ganzen Tag, wenn mir danach ist! Krach machen, schreien, mit den Füßen stampfen!«

Sie ballt die Fäuste, stampft tatsächlich auf, als wolle sie die Erde unter ihren Füßen spüren. Passanten kommen auf uns zu, und sie unterbricht ihre heftige Regung abrupt, bleibt stehen, aufrecht, die Schultern gerade, den Hals gereckt.

Man geht an uns vorüber. Gleichgültig. Plaudernd, lächelnd. Beachtet sie nicht.

»Du«, sagt sie zögernd. »Was ist mit denen? Können die mich nicht sehen?«

»Warum sollten sie dich nicht sehen können? Du bist ein Mensch aus Fleisch und Blut.«

»Aber sie reagieren gar nicht, wenn sich jemand so – exzentrisch aufführt wie ich.«

»Man regt sich in dieser Stadt nicht auf, nur, weil jemand ein bisschen exzentrisch ist, Anne. Hierher kommen Leute von überall, um glücklich zu sein. Es ist eine der schönsten Städte der Welt.«

Sie hebt den Kopf, ihr Blick streichelt die perfekt gepflegten dreistöckigen Häuser, bleibt hängen an den vorspringenden Balken am hohen Giebel der Kaufmannshäuser, dem Haken für die Befestigung des Seils – so zog man die wertvollen Handelsgüter, die die Grachten aus Übersee erreichten, hoch zum Speicherraum.

»Was ist das?«

Ich bin erstaunt und erkläre es ihr. »Aber wie lange lebst du denn in dieser Stadt?«

Sie zuckt die Achseln. »Ich war ein Kind. Meine Augen hatten andere Ziele als die Giebel der Häuser. Ich spielte auf der Straße, ich ging zur Schule, ich war mit meinen Freundinnen zusammen, ich fuhr mit dem Rad, ich flirtete, ich lachte und weinte. Die Stadt war einfach gegeben – und dann … dann war ich fort. Im superpraktischen Versteck. So hat Pim es genannt.«

Pim. Otto Frank, ihr Vater.

»Jetzt kann ich alles entdecken. Alles ist neu.«

»Wohin willst du zuerst? Zu dem Haus, wo du deine Kindheit verbracht hast? Zum Merwedeplein, wo ihr wohntet?«

Sie schüttelt energisch den Kopf. »Was soll ich da? Hast du mich herausgeholt, um mich in die Vergangenheit zurückzuschicken? Wie viele Jahrzehnte liegt das hinter mir? Nichts will ich davon wissen, nichts sehen.«

»Ihr hattet dort eine schöne Wohnung im zweiten Stock, gediegene Möbel, Spitzendecken auf dem Tisch ...«

»Woher weißt du das?«

»Man hat es rekonstruiert. Du kannst es sehen als ...« Ich zögere. Zum ersten Mal wird mir die Kühnheit meines »Befreiungsschlags« bewusst. Sie kennt kein Internet, keine CD, kein Handy, kein gar nichts. Doch. Das Kino. Also sage ich: »... als einen Film.«

Sie zuckt die Achseln, unbeeindruckt. »Wer soll sich denn so etwas ansehen?«

»All jene, die täglich dein Tagebuch lesen, die zusammenströmen, das Hinterhaus zu besichtigen, die ...«

Sie hebt beide Hände, wild. »Davon will ich nichts wissen! Ich bin kein Phantom, kein Idol, kein ... kein Stück Lehrmaterial über das Schicksal der Juden während der Nazizeit! Du hast mich nicht deshalb herausgeholt. Ich will leben! Leben!«

Sie runzelt plötzlich die Stirn, scheint in sich hineinzulauschen.

Dann sagt sie prosaisch: »Weißt du, was für Hunger ich habe?«

Wir haben von den unzähligen Restaurants, die sich auf der Prinsengracht befinden, ein kleineres ausgesucht; Tische und Stühle stehen auf dem Bürgersteig im Licht der Abendsonne, die Speisekarte besteht aus einem einzigen Blatt Papier, das Anne voller Eifer studiert hat.

Und nun isst sie. Sie isst und isst. Zunächst eine Suppe, die sie atemlos, stöhnend vor Wonne in sich hineinlöffelt. Dann einen Teller voller Muscheln und Garnelen, dazu weißes Brot. Sie isst schnell, heißhungrig, beseligt. Ein Salat, ja, den auch.

Wir trinken weißen Wein. Sie hält das Glas mit beiden Händen. Ich sehe, wie sich ihre Kehle beim Schlucken bewegt, sehe es voller Glück und Rührung. Anne Frank sitzt neben mir und trinkt Wein.

Jetzt ist sie beim Dessert angelangt. Ein Stück warmes Schokoladengebäck und dazu Eis mit Orangengeschmack. Sie schlingt. Lustvoll, die Augen halb geschlossen.

Mir ist, als würden all diese Speisen sie mit einer Aura des Gegenwärtigen umgeben, als sei sie nun erst ganz und gar angekommen im Heutigen.

Nachdem unser Wein bis auf den letzten Tropfen getrunken ist, sagt sie wie erwachend: »Kommst du für mich auf? Ich habe ja gar kein Geld mitgenommen.«

»Das würde dir heute ohnehin nichts mehr nützen«, erwidere ich – und mir wird erst jetzt klar, welche Schwierigkeiten es geben würde für ein Wesen aus der anderen Dimension, sich im sogenannten bürgerlichen Alltag zu etablieren.

Abgesehen davon: Diese fünfundachtzig Jahre alte junge Frau Anne Frank an meinem Tisch ist höchstwahrscheinlich Milliardärin, wenn man ihr denn die Autorenrechte an ihrem Buch zuerkennen würde … Aber darüber nachzudenken, habe ich jetzt keine Lust.

Neugierig betrachtet sie die Euro-Scheine, die ich aus der Tasche gezogen habe.

»Keine Gulden?«

»Keine Gulden. Keine deutsche Mark wie während der Besatzung. Euro. Eine Währung, die achtzehn europäische Staaten gemeinsam benutzen.«

Sie nimmt mir einen 10-Euro-Schein aus der Hand, dreht ihn hin und her, betrachtet den Silberstreifen, die Flagge mit den Sternen, das Tor auf der einen, die Brücke auf der anderen Seite.

»Aber welches Land hat denn gesiegt?«, fragt sie leise.

Ich verstehe sie nicht.

»Doch nicht Deutschland, oder? Sonst könnte ich nicht so herumlaufen – ohne den gelben Stern überm Herzen.«

Ich beginne zu begreifen. Sie nimmt an, die Währungsunion könne nur durch das Diktat einer Siegermacht zustande kommen, die alle anderen beherrscht!

»Deutschland«, sage ich und lege meine Hand auf die ihre, die so beruhigend kühl und fest und irdisch ist, »hat vor siebzig Jahren verloren an allen Fronten, und zwar gründlich. Die Siegermächte – als ihnen denn das ganze Ausmaß des Völkermords nicht nur an den Juden bewusst wurde – wollten das Land eigentlich entmündigen, die Städte, sofern sie nicht schon in Schutt und Asche lagen, kaputtgebombt, entvölkern, alles umpflügen, ein Agrarland in der Mitte Europas … Sie haben es dann mit Umerziehung versucht. Wie es scheint, hat es gefruchtet. Jedenfalls jetzt, nach mehr als zwei Menschenaltern, sind die Deutschen ein geachtetes Mitglied der Völkerfamilie, so heißt es.«

Anne hält noch immer den Geldschein zwischen den Fingern. »Ein geachtetes Mitglied«, wiederholt sie mit gerunzelter Stirn. »Man hat ihnen also vergeben.«

»Es war für sie wohl am schwersten, zunächst einmal die

Schuld anzuerkennen, die auf ihren Schultern lastet. Inzwischen ist da eine andere Generation. Die Taten ihrer Voreltern sind ihnen fern und fremd«, sage ich.

»Aber dies Geld …?«

»Es gibt keinen, der die anderen gezwungen hat. Man hat keinen Krieg mehr geführt in Europa, nachdem Hitler besiegt war. Irgendwann haben die Staaten sich gesagt: Warum sollen die Grenzen nicht fallen? Warum soll man nicht hin und her reisen können, wie man will, und weshalb soll man ständig Währungen umrechnen, wo es doch viel bequemer ist, wenn alle das gleiche Geld haben. Sie haben sich also zusammengeschlossen. Nun gibt es den Euro.«

Sie dreht den Schein. »Das da ist griechische Schrift.«

»Griechenland ist ein Mitglied dieser Währungsunion.«

»Griechenland. Ich habe die griechischen Sagen geliebt.«

»Die Griechen heute …« Ich breche ab. Gerade ist sie angekommen. Ich sollte sie nicht gleich mit all den Schwierigkeiten und Unwägbarkeiten behelligen, in denen wir *auch* leben.

Sie dreht sich zu mir um, gibt mir den Schein zurück, und ihre Augen strahlen.

»Du sagst mir wunderbare Dinge … Corelli.« Wieder rollt sie auf Theatermanier das R. »Dinge, wie im Märchen!«

Während ich den Kellner heranwinke, um zu bezahlen, wird mir klar, dass ich in meiner stürmischen Zuneigung zu ihr, meinem Willen, sie neben und bei mir zu haben und ihr etwas ihrer geopferten Jugend wiederzugeben, viele Dinge außer Acht gelassen habe, die mir nun wohl bald Kopfzerbrechen bereiten werden.

Der Kellner ist jung, blond und hübsch, und er hat ein anmutiges Lächeln. Anne betrachtet ihn mit halb offenem Mund. Sie betrachtet ihn – gierig. Ja, man kann es nicht anders ausdrücken. Gierig.

»Er ist sehr anziehend, nicht wahr?«, fragt sie mich, nachdem der junge Mann uns einen schönen Tag gewünscht hat.

»Ja, das ist er«, bestätige ich.

(Sie will leben. Sie will lieben.)

Sie ist jetzt von Unruhe erfasst, von der Hast einer Person, die allzu lange zum Stillsitzen und Ruhegeben und Nicht-Dasein verurteilt war. Sie zappelt auf ihrem Stuhl, spielt mit den Fingern, dreht ihr leeres Glas auf dem Tisch, als wolle sie ein mir unbekanntes Spiel beginnen, sieht mich herausfordernd an.

»Komm, worauf warten wir?«

Sie springt auf, eilt die Gracht entlang, ich vermag kaum zu folgen.

Atemlos hetze ich ihr hinterher. Da ist kein Plan in ihrem Kopf, scheint mir. Ihre anfängliche Lust, die schönen alten Häuser zu betrachten, die Menschen, die ihr entgegenkommen, scheint fürs Erste vergangen. Sie ist nur bei sich, nur um sich selbst bemüht. Sie läuft. Hat nichts weiter im Sinn, als ihre Beine zu bewegen, ihre Arme zu schleudern, ihren Kopf hin und her zu werfen, sodass das dunkle Haar fliegt. Ganz gleich, wo sie ist. Es könnte auch in einer finsteren Straßenschlucht in der Bronx sein oder auf einem öden Sandweg inmitten von dürren Kiefernwäldern.

Sie ist bei sich, endlich bei sich. Gesättigt zwar, aber

noch sehr, sehr hungrig. Hungrig auf das, was kommen wird.

»Anne, warte!«, rufe ich zum wiederholten Mal. Sie dreht kurz den Kopf, ihr Schelmenlachen, auch das Vergnügen, mich außer Puste zu bringen, leicht für sie, die fast ein Jahrzehnt älter ist als ich, aber jung bewahrt gleichsam im Kälteschlaf, aus dem sie nun erstanden ist.

Jetzt scheint es mir, dass sie sogar fliegt. Eine Täuschung?

Und dann der große Moment, Entsetzen, Unglauben zunächst, Erstaunen ohne Grenzen.

Um uns herum klingeln die Fahrräder. Diese ganze Stadt wird beherrscht von Fahrrädern; Autos spielen kaum eine Rolle, die engen Straßen, auf einer Seite begrenzt vom Wasser, auf der anderen von den schmalschultrigen hohen Häusern mit ihren Eingängen über diverse Stufen, erlauben, wenn überhaupt, ohnehin nur im Schritt zu fahren, sich hindurchzuschlängeln durch die Pulks von Männern und Frauen auf Rädern. Es ist, als übernähmen sie die Rolle der Autofahrer in den anderen Städten Europas – selbstbewusst, anmaßend, unberechenbar.

Auch sie, Anne, ist ja mit ihren Freundinnen durch diese Stadt geradelt, bevor sie gefangen saß im Hinterhaus – sie allein, während die anderen, Hanneli und Jacque und wie sie hießen, längst verloren waren, mit ihrem Stern auf der Brust. Verloren und verkommen.

Heute also tänzelt und hüpft sie zwischen den Radfahrern hindurch; manchmal klingeln die und sie winkt ihnen zu, strahlend. Dass sie den Verkehr behindert, kommt ihr nicht in den Sinn.

Ich bin weiter hinter ihr.

Dann geschieht es.

Ich weiß nicht, wie ich es beschreiben soll. Soll ich sagen, sie wird angefahren, überfahren, *durchfahren* ...?

Jedenfalls, ein sehr schneller Radfahrer, behelmt, im Trikot, der rücksichtslos zwischen den anderen hindurch seinen Weg sucht, erfasst das tanzende, springende Mädchen, reißt es zu Boden, stürzt selbst mit seinem Bike, rappelt sich auf, fluchend, steht daneben, schwingt sich wieder in den Sattel, haut einfach ab, ohne sich um sein Opfer zu kümmern. Ringsum Kopfschütteln, abfällige Bemerkungen.

Aber gibt es denn ein Opfer? Das Mädchen, das da offenbar unter die Räder gekommen war, steht da, ein paar Wimpernschläge später, unversehrt, ohne eine Schramme oder einen Kratzer, geschweige denn eine blutende Verletzung, wie es scheint, auch unbeeindruckt.

Hat außer mir niemand das gesehen, was ich sah? Ich drücke meine Handballen gegen die Augen.

Denn: Sie war nicht nur transparent. Sie war weg.

Es gab sie für diesen Moment des Unfalls nicht mehr, wie in jenen SF-Filmen, in denen es »Unfälle beim Beamen« gibt und die Personen gleichsam in groteske Streifen zerlegt werden, bis sie sich denn wieder zusammensetzen.

Ja, sie ist »durchfahren« worden ...

Aber ich habe doch ihre Hand in der meinen gehalten, ich habe gesehen, wie sie gegessen und getrunken hat, wie sich ihre Kehle beim Schlucken bewegte. Fleisch und Blut. Und dennoch: aus der anderen Dimension.

»Anne«, sage ich, als ich sie erreiche, »setz dich einen Moment hier mit mir hin. Hier an diesem Brückenpfeiler.«

»Gern«, sagt sie und schwingt sich auf den steinernen Absatz, baumelt mit den Beinen.

»Anne, was war das eben?«, frage ich und kann nicht verhindern, dass meine Stimme bebt.

»Ja, das war ein ziemlich ungeschickter Kerl!«, erwidert sie. »So rowdyhaft fährt man doch nicht Rad!«

»Das meine ich nicht!«, sage ich, heftiger als ich wollte – zu sehr hat mich aufgeregt, was ich da gesehen habe oder zu sehen glaubte. »Du warst … du bist nicht verletzt.«

»Nein, ein Glück!«, entgegnet sie voller Unschuld.

Ich schlucke. »Anne Frank, du warst unsichtbar!«

»Hm«, sagt sie, von dieser Dimension ihres Daseins entschieden weniger beeindruckt als von der Existenz der europäischen Währung, »wenn das so ist – dann kann das ja nur von Vorteil sein für mich und für dich.« Sie mustert mich nachdenklich, mit schief gelegtem Kopf.

Ich begreife nicht. »Was meinst du?«

»Na, ich laufe nun hier in Amsterdam herum, zwar dem Himmel sei Dank ohne Judenstern, aber ich habe auch keinen Pass oder Ausweis oder wie man das jetzt nennt. Ich kann mir nicht vorstellen, dass man so etwas auch abgeschafft hat in dieser schönen neuen Welt. Sicher braucht man das hin und wieder. Und wie soll ich das bekommen, wenn ich wo anders hin will? Gehe ich in irgendein Polizeibüro und sage: ›Guten Tag, ich benötige ein Dokument. Mein Name ist Anne M. Frank, ich bin 85 Jahre alt.‹ Also, so etwas wie Irrenhäuser gibt es doch sicher noch?«

In ihrem scharfsinnigen jung-alten Kopf hat sie gewisse Konsequenzen ihrer Flucht aus der virtuellen Welt entschieden gründlicher durchdacht als ich, wie mir scheint.

»Du hast recht«, entgegne ich, noch immer im Bann des fantastischen Vorgangs, dem ich da also vorhin beigewohnt habe. »Es könnte nützlich sein. Aber kannst du das denn steuern? Ich meine, hast du irgendeinen Spruch parat, irgendein Abrakadabra, das dich so hauchdünn werden lässt wie ein durchscheinendes Blatt Papier?«

Sie schüttelt den Kopf. »Es ist einfach nur passiert. Vielleicht, wenn es … wenn es nötig ist? Warten wir's ab. Schließlich bin ich keine Zauberin.«

Sie sieht mich an, die Augen schmal gekniffen, ein halbes Lächeln auf den Lippen, ein bisschen spöttisch, ein bisschen zärtlich.

Bin *ich* eine? Frage ich mich. Die ich sie herausgezaubert aus der Enge …

Der Schatten eines der hohen schmalbrüstigen Kaufmannshäuser fällt auf sie, verdunkelt ihr Gesicht mit der hohen Stirn und der schönen geraden Nase, lässt das ewig junge Mädchen älter aussehen, nachdenklicher – ferner.

Draußen auf der Gracht liegt noch der tiefgoldene Reflex der Abendsonne, geschaukelt von der Bewegung des Wassers.

Anne springt von ihrem Sitz am Pfeiler herunter.

»Ich möchte Boot fahren, Corelli«, sagt sie lebhaft. »Durch die Kanäle oder hinaus in den Hafen. Bitte. Aber nicht in so einem Schiff mit vielen Menschen. Nur wir beide. Ist das möglich?«

»Das ist natürlich möglich«, erwidere ich. »Aber versuch nicht übers Wasser zu gehen, wenn wir zu dem Schiffchen kommen.«

Sie sieht mich an, verständnislos. »Wer kann schon übers Wasser gehen! Bin ich Jesus?«

»Es sollte ein Scherz sein«, sage ich entschuldigend.

Sie grinst. Als wenn sie das nicht wüsste.

Das Boot, das wir genommen haben, ist nicht viel größer als eine Besenkammer in einem alten Amsterdamer Haushalt. Es ist aus Holz und sein Bord liegt nur einen halben Meter überm Wasser. Es hat eine hölzerne Sitzbank mit Kissen; man kann sich aber auch ausstrecken auf dem Boden und den Kopf auf diese Kissen legen, um nach oben zu gucken.

Der junge Mann, der Schiffsführer, ist dicklich und hat Pickel im Gesicht, infolgedessen würdigt ihn Anne kaum eines Blicks. (Vielleicht erinnert er sie an ihren »Schwarm« Peter im Hinterhaus.) Es gibt ja auch anderes zu sehen, wunderschönes.

Unser Boot tuckert gemächlich durch die Grachten. Über uns wölbt sich das zarte Junilaub der Bäume, die schmalen Straßen rechts und links, belebt von Radlern und Passanten, gleichen Bühnen, auf denen die hohen würdevollen Häuser die abschließende Kulisse bilden.

Andere Schiffe kommen uns entgegen; die meisten sind viel größer als unseres, sie sind weiß mit gläsernen Fenstern und rauschen an uns vorbei wie majestätische Delfine. Die Menschen, die mit ihnen fahren, winken uns zu und lachen, wenn ihre Bugwelle unseren Kahn zum Schwanken bringt.

Anne dreht den Kopf nach rechts und links, sprachlos zunächst – aber das ist nun nicht ihre Art. »Es ist alles so schön, als wenn es gar nicht bewohnt wäre, nicht echt. Nicht – lebendig.«

»Oh doch, es ist echt und bewohnt und lebendig und

gerade darum so schön«, antworte ich und denke dabei an das leere Hinterhaus in der Prinsengracht.

»Ja, aber ...« Sie runzelt nachdenklich die Stirn. »Als wir eingesperrt waren, gab es doch Fliegeralarm. Bombenangriffe. Man hörte ... zuerst die Sirenen, dann den Anflug der Bomber. Das Pfeifen und Sirren. Die Einschläge ganz in der Nähe ...«

Ich bemerke, dass sie ein Schauder überläuft, und greife beruhigend nach ihrer Hand. Sie sollte ihren Blick nicht in diese Vergangenheit richten.

»Zuerst sind die Deutschen über die Stadt hergefallen mit ihren Bombern, bevor sie einmarschierten. Dann, als Amsterdam gleichsam ›deutsch‹ geworden war, flogen die Engländer ihre Angriffe; zumeist auf deutsche Befestigungen. Schiphol, der Hafen, wurde beschädigt, Wohnsiedlungen im Norden der Stadt, der Bahnhof, soviel ich weiß. Andere Städte sahen schlimmer aus.«

»Deutsche Städte? Du kommst ja aus Deutschland.«

»Ja. Deutsche Städte.«

»Das musste dann wohl so sein.«

»In einem dreiviertel Jahrhundert kann man viel wieder aufbauen. Hier wie dort.«

Wir schweigen. Unser Boot passiert eine Reihe von Brücken, die sich in dichter Folge über dem Kanal wölben. Wechsel von Licht und Schatten.

Es wird dämmrig. Die Straßenbeleuchtung flammt auf, und dann, fast zugleich, erleuchtet man die Fenster in den Häusern.

Anne sitzt hoch aufgerichtet, sie hält meine Hand fest und drückt sie, hingerissen.

»Keine Stromsperre! Keine Verdunkelung! Wie kann

eine Stadt nur so strahlen! Wie ein Diamant, den man bis hinauf ins All sehen kann!«

Ich kann nichts sagen darauf. Was wir Heutige als Selbstverständlichkeit hinnehmen – für sie ist es wie ein Zauber.

»Wollen wir umkehren?«, frage ich.

»Nein. Nein. Aber wenn es nun Nacht wird – wie kann man wohl die Sterne sehen bei dieser Helligkeit ringsum? Ich möchte so gern die Sterne am Himmel sehen!«

Ich bin froh. Diesen Wunsch kann ich ihr erfüllen.

»Du wirst diese Großstadtlichter nur noch am Horizont sehen. Und Sterne werden da sein.«

Ich verständige mich mit dem Bootsführer. Meine Anforderung mag ihm merkwürdig vorkommen, aber eigentlich ist es ihm wohl egal. Je länger wir auf dem Wasser bleiben, desto besser fällt die Bezahlung aus.

Er steuert uns hinaus auf die Bucht des IJ, vorbei an wundersamen modernen Bauten am Wasser, die Anne, gesättigt vom Schauen, ohne Kommentar vorübergleiten lässt.

Der junge Mann hat auf meine Bitte hin den Motor ausgestellt.

Unter uns ist das dunkle Wasser glatt und Kühle steigt von ihm auf.

Anne liegt ausgestreckt auf dem Boden des Schiffchens, ihr Kopf, vom Kissen unterstützt, in meinem Schoß. In ihren weit geöffneten Augen scheint sich das Licht der Sterne zu spiegeln.

Und dann flüstert sie. Nun doch deutsche Worte. Goethe. »… wie sie sich einander loben / jene Feuer in dem Blauen.«

Sie dreht den Kopf halb zur Seite. »Ich hab meine Freundin Jacque einmal gefragt, ob sie meine Brüste anfassen möchte. Sie hat Nein gesagt.«

Ich antworte nicht. Streichele sanft ihre Schultern, ihren Hals.

Sie liegt, ohne sich zu regen, die Augen weiterhin weit aufgeschlagen. Ohne zu blinzeln, der Blick zum Himmelsgewölbe.

»Manchmal«, sagt sie, und bewegt kaum die Lippen, »habe ich mich nachts selbst berührt. Ich war so allein.«

»Ich weiß«, erwidere ich leise. »Du hast es ja aufgeschrieben.«

»Ja. Alles hab ich aufgeschrieben.«

Die Augen fallen ihr zu.

Anne Frank schläft. Sie schläft in meinem Arm.

Beklommen und glücklich betrachte ich das Unmögliche, das Wunder, das geschehen ist durch die Kraft der Fantasie: Leichter Atem hebt und senkt die Brust, im schwachen Licht der Bordlampe sehe ich an ihrem Hals das Pulsieren einer Ader, spüre die Wärme ihrer Haut. Mein lebendes Phantom, wie wird es mit uns weitergehen?

Es wird kühl auf dem Wasser.

Auch der Bootsführer ist eingenickt. Ich schnippe leise mit den Fingern, gebe ihm das Zeichen, zur Anlegestelle zurückzufahren.

»Bist du noch müde?«, frage ich.

»Müde? Ich will nie mehr müde sein!«

Der kurze Schlaf auf dem Wasser hat sie unglaublich belebt. Sie ist schnell aus dem Boot gesprungen, und als sei es nicht mitten in der Nacht, bewegt sie sich so temperamentvoll wie vorhin.

»Wasser und Himmel habe ich gesehen, ich habe gegessen und getrunken – nicht dass ich schon genug hätte! Sie dreht sich im Kreis, sieht sich um. »Alle sind wach, wer will hier schlafen? Und von überall her ist Musik zu hören. Fremde Musik. Nie gehörte Musik. Es ist sehr laut.«

»Man kann danach tanzen.«

Sie schreit leise auf. »Tanzen? Weißt du, wie gern ich tanze? Ich habe versucht, mir selbst Ballettstunden zu geben!«

(Ich weiß, ich habe es gelesen.)

»Möchtest du tanzen?«, frage ich und weiß in diesem Moment, dass ich mir dieses oder jenes Problem auflade.

Sie senkt den Kopf. »Aber ich kann nicht tanzen. Tanzstunden für Judenmädchen, meinst du, so etwas hätte es gegeben?«

Ich lache. »So, wie man heute tanzt, muss man keine Tanzstunde besucht haben. Man bewegt sich einfach.«

»Muss ich das jetzt verstehen?«, fragt sie.

»Du wirst es verstehen, wenn du es siehst und wenn du dabei bist. Natürlich gibt es auch die großen klassischen Tänze, die muss man lernen, wenn man sie ausüben will.«

»Walzer?«

»Ja, Walzer. Oder Tango.«

»Ich möchte das aber können.« Ihre Füße in den bordeauxfarbenen Schuhen zaubern Muster auf das Pflaster der Straße, durch die wir uns bewegen. Sie tanzt ja schon!

»Dafür wird Zeit kommen«, sage ich und weiß nicht,

ob ich lüge. »Aber es gibt auch das andere Tanzen inzwischen. Das freie Tanzen, wo du eigentlich nur du selbst sein kannst, dich bewegen ohne Regeln.«

»Freies Tanzen?«

Ich nicke.

»Ja, ich will freies Tanzen haben.«

Während ich in Gedanken meine Kenntnis der Amsterdamer Klubs passieren lasse – es sind unübersehbar viele! – und grübele, wo man sich am geschicktesten Zutritt verschafft, hört ihr improvisierter Stepp plötzlich auf. »Es geht ja nicht.«

»Warum sollte es nicht gehen?«

Sie schreit fast. »Sieh mich doch an!«

Das tue ich. Das helle Gesicht mit dem großen ausdrucksvollen Mund, die Augen, die klare Stirn. »Du bist wunderschön.«

»Das meine ich nicht!« Sie schnaubt vor Ungeduld. »Das Kleid! Das Kleid aus dem vorigen Jahrhundert! Ich habe sehr wohl hingesehen, wie man sich jetzt anzieht. Die Mädchen tragen fast alle Hosen. Manche haben etwas an, was aussieht wie die Unterhöschen von mir und meinen Freundinnen, und deren Beine sind ganz nackt. Es sieht wundervoll aus! Frech und schamlos und – wundervoll. Und ich mit meinem Kleid! Ich versinke in den Boden. Sie lachen mich aus.«

Sie hat Tränen in den Augen. Steht vor mir und sieht mich an, geradezu anklagend.

Ihr Kleid ist aus rotem Stoff, es scheint Leinen zu sein. Am Hals schließt es mit einem kleinen runden Kragen ab. Sie trägt einen Gürtel. Der Rock ist weit ausgestellt und reicht bis übers Knie.

Ich lege ihr behutsam den Arm um die Schulter.

»Du musst verstehen«, sage ich. »Es gib keine strengen Regeln. Alles ist anders. Alles erlaubt. Im Augenblick kommt eine Moderichtung auf, die nennt sich Vintage. Das heißt, man findet Geschmack an alten Sachen. Es gibt Neues sogar so, dass es wie alt aussieht. Dein Kleid – es passt. Glaub mir.«

»Wirklich?«

Wirklich.«

Sie wirft den Kopf in den Nacken. Entschlossen. »Dann also los.«

Anne Frank geht in einen Club.

Es gibt einen Moment der Panik.

Das ist, als ihr der Mann am Einlass den Stempel auf das Handgelenk drücken will.

Mit einem Aufschrei weicht Anne zurück, versteckt ihre Hände hinter dem Rücken.

»Kein Stern! Kein Mal auf der Haut! Keine Tätowierung! Keine Brandmarkung! Nichts dergleichen! Ich will nicht anders sein als die anderen!«

Da ist es also, da kommen die finsteren Schatten hervor, das, was sie nicht wissen darf, wenn ihr Leben neu und anders verlaufen soll – Tätowierungen. Ausgrenzungen. Male.

»Anne!«, sage ich flehend. »Sieh deine Haut an, deine Arme. Sie ist makellos. Schließ die Tür, sperr die Schatten aus!«

Der Mann ist zum Glück gerade abgelenkt, bekommt nicht mit, was da geschieht. Er würde sie wohl für verrückt erklären.

»Anne, das ist ein Missverständnis! Es ist eine andere Art von Eintrittskarte, damit kannst du ein und aus gehen hier in diesem Lokal. Ich werde meine Haut auch stempeln lassen!« Ich versuche, zu erklären, aber noch versteht sie nicht.

»Freiwillig also? Du auch! Natürlich, du auch! Du bist ja auch eine Jüdin! Du nimmst das einfach so hin? Ich will nicht! Ich will nicht!«

Sie streckt mir ihre beiden Unterarme entgegen; sie sind glatt und unbefleckt. Mit Schauder geht mir durch den Sinn, dass ihr reales Ebenbild, jene Anne, die in Bergen-Belsen elend an Typhus verreckt ist, gewiss die KZ-Tätowierung auf dem linken Arm gehabt hat, und für einen Moment erscheint mir dieses mein Spiel frivol und ungehörig.

Aber dann schiebe ich solche Gedanken beiseite.

Das Gegenteil ist wahr! Dieses Spiel ist Trotz und Aufbegehren gegen die tödliche Finsternis und gegen das Verbrechen der Vernichtung, es ist die Forderung, Lust und Leben zu bewahren.

»Sieh einmal! Alle, die hier herein gehen, bekommen diesen Stempel. Es ist kein Mal, keine Ausgrenzung. Im Gegenteil. Es ist ein Zeichen, dass man dazugehört. Und, Anne – man kann es abwaschen.«

Noch immer misstrauisch, mustert sie, was da geschieht bei denen, die am Einlass abgefertigt werden. Schließlich, nachdem zuerst ich die kurze Prozedur über mich habe ergehen lassen, streckt auch sie widerstrebend ihren Arm hin. Betrachtet den Stempelabdruck. Lächelt schließlich. Er hat die Form einer Blume.

Hätte ich sie vorbereiten sollen auf das, was sie da drin erwartet? Aber was hätte ich ihr erklären sollen? Es ist für sie so neu, dass sie es ohnehin nicht verstanden hätte. Sie muss es erfahren.

Die dröhnende Lautstärke der Musik, die sich für ihre Ohren anhören muss wie aus einer anderen Welt. Die wilde Lichtorgie, ständig wechselnde Kolorite, die die Tanzfläche in ein Kaleidoskop von Farben verwandeln und die Menschen, die sich auf ihr bewegen, in bunte Märchenwesen. All diese springenden, hüpfenden, sich verrenkenden und wie besessen auf der Stelle stampfenden Menschen …

Anne stößt einen wilden Schrei aus. Der Schrei geht unter im Donner der Musik. Sie taumelt zurück, gegen einen spiegelnden Pfeiler, der die Bewegungen der Tanzenden wiedergibt und vergrößert, klammert sich rückwärts an diesem Spiegelpfeiler fest.

Ich betrachte sie ängstlich. Sie sagt etwas, ich beuge mich vor zu ihr, um in diesem Lärm etwas zu verstehen.

»Wo bin ich hier angekommen, Corelli?«

Ich will sie beschwichtigen; vielleicht sollten wir das Lokal wieder verlassen … Aber dann sehe ich, dass sich ihre Augen weiten, dass sie mit geöffnetem Mund diese Wildheit und Lebensfreude gleichsam in sich einsaugt.

Mein Ohr ist dicht an ihrem Mund, um zu verstehen, was sie sagt.

»Ja und ja! Hier will ich tanzen! Ich will alles nachholen, was man mir vorenthalten hat! Alles! Danke, dass du mich hierher gebracht hast. Das ist Spitze hier!«

(Spitze. Ja, so sagte man wohl in ihrer, in meiner Jugend.)

Sie löst sich von der Spiegelsäule, stürzt vorwärts und ist sofort ein Teil des Strudels.

Ich kämpfe mich vor an die Bar und lasse mir einen Drink geben, was für einer, ist mir egal; es schmeckt nach Pfefferminz und Kühle.

Ich bin glücklich.

Als der DJ Pause macht, kommt sie zu mir, erhitzt, die Wangen gerötet. Sie nimmt mir das Glas aus der Hand und stürzt den Inhalt hinunter.

Sie atmet tief, ihre Augen glänzen. Sie streicht sich das Haar aus der Stirn und lächelt zwei jungen Typen zu, die ihr gefolgt sind, offenbar fasziniert von dem schönen Mädchen im roten Kleid. Mich mustern sie mit gewissem Argwohn.

»Wer ist das?«, fragt der eine. »Deine Mutter?«

»Nein, meine Freundin. Eine Schriftstellerin«, erwidert sie unbefangen. »Bin ich übrigens auch.«

»Du bist Schriftstellerin? Du bist doch noch so jung!«, bemerkt der eine. »Was hast du denn geschrieben?«

»Bis jetzt nur ein Buch.«

»Muss man das kennen?«

»Von Müssen kann keine Rede sein!« sagt sie spöttisch, und ich bewundere es, wie geschickt sie kontert. »Und außerdem, was mein Alter angeht: Ich bin 85 Jahre.« Sie lacht und zeigt ihre Grübchen.

Die beiden sehen sich an. »Toller Witz. Bist du nicht ganz dicht?«

Sie zuckt mit den Schultern, grinst.

»Du«, sagt der zweite der Burschen, »du erinnerst mich an irgendjemanden. Kann es vielleicht sein, dass ich dich schon mal irgendwo gesehen habe? Du siehst irgendwem ähnlich. Ich komme jetzt bloß nicht drauf.«

»Soll ich dir auf die Sprünge helfen?«, fragt sie, und es raubt mir den Atem. »Vielleicht sehe ich aus wie … Anne Frank?«

»Anne Frank, die mit dem Tagebuch?«

»Eben die.«

Denen wird irgendwie mulmig. Sie wechseln erneut Blicke. Offenbar ist die hier nicht das, was sie sich vorgestellt haben. Sie ziehen wortlos ab.

Übrigens, sie haben niederländisch gesprochen und ich verstand jedes Wort.

»Du reagierst gut«, sage ich. »Heute würde man sagen: echt cool.«

»Echt cool? Das gefällt mir.«

Und dann reckt sie den Hals. Aufgeregt greift sie nach meinem Arm. »Sieh mal, da drüben! Da steht ein Neger, da am anderen Tresen!«

»Da steht wirklich ein Neger«, antworte ich, »bloß dass man das Wort nicht mehr benutzt. Man sagt jetzt Afrikaner oder Farbiger.«

»Mir doch egal«, sagt sie. »Neger bleibt Neger. Und guck doch mal, wie schön er ist!«

Der junge Mann sieht wirklich gut aus. Er hat ein schmales äthiopisch anmutendes Gesicht und ein Wust von Dreadlocks, die ihm bis auf die Schultern fallen.

»Ja«, bestätige ich und nippe an meinem Glas, in dem ohnehin nichts mehr drin ist. Sie hat es ja ausgetrunken.

»Aber – wieso darf er hier sein?«

»Wieso nicht? Wir beide sind doch auch hier.«

»Ja, aber wir sind … unkenntlich, auch wenn wir jüdisch

sind. Wir tragen keinen Stern und haben keinerlei andere Markierung. Aber er – er kann sich ja nicht verstecken.«

»Er muss sich auch nicht verstecken«, erwidere ich und begreife, was sie nicht begreift. Noch nicht begreifen kann. »Das, was man Rassenkunde genannt hat, nämlich, dass manche Rassen minderwertig sind, das ist der blühende Unsinn. Und es trifft nicht nur auf Juden zu, sondern auf alle Menschen. Das gibt es nicht mehr, dass ein Mann oder eine Frau mit anderer Hautfarbe für niedriger angesehen wird als Weiße. Das ist vorbei. Jedenfalls unter vernünftigen Menschen«, füge ich hinzu und verkneife mir die Mitteilung, dass dergleichen inzwischen vom Gesetz geregelt ist. Aber auch das Gesetz wird nur von vernünftigen Menschen respektiert …

Sie hört offensichtlich nur mit halbem Ohr zu. Hat nur verstanden, dass es in Ordnung geht mit dem »Neger im Klub«.

»Ich will mit ihm tanzen, wenn dieser Krach wieder anfängt, ich meine diese Musik. Ich will in seine Nähe. Vielleicht wird er mich mögen.«

Sie löst sich vom Tresen, an den sie sich gelehnt hatte, und als würde sie von einem Magneten angezogen, geht sie quer über die freie Tanzfläche hinüber zu dem jungen Mann.

In dem Augenblick hat der DJ eine neue Scheibe aufgelegt – er arbeitet noch nach der »altmodischen« manuellen Methode.

Die Musik brüllt los. Im Nu füllt sich der freie Raum mit Tänzern.

Und Anne Frank?

Ich glaube, ich habe sie verloren.

Jedenfalls im Moment.

Zunächst habe ich sie ja noch gesehen, diese beiden.

Trotz des Gewühls von gereckten Armen und sich ekstatisch windenden Leibern sind sie leicht auszumachen. Um sie ist ein Freiraum, als hindere eine unsichtbare Barriere die anderen, ihnen zu nahe zu kommen. Aber vielleicht ist es auch das Besondere ihrer Bewegungen, die die Aufmerksamkeit der anderen Tänzer auf sie lenkt und sie in Zuschauer verwandelt.

Sie tanzen, obwohl sie sich nicht berühren, völlig synchron, als hätten sie seit eh und je miteinander trainiert – ein eingespieltes Paar. Die Anmut ihrer Bewegungen, die Schnelligkeit ihrer Schritte, die heitere Ausgelassenheit dieses Miteinanders kommen mir wie ein Wunder vor. Ein Wunder, das ich mit einer gewissen Bangigkeit betrachte. Ich begreife nicht, woher das kommt. Sie sehen sich hier zum ersten Mal, der Mann aus dem fernen Afrika und das alt-junge Mädchen aus dem Hinterhaus. Irgendwelche Schwingungen sind da vorhanden, die zu benennen ich vorerst noch zögere.

Ich wende mich ab und gehe zurück zu meinem Platz am Tresen, bestelle mir ein anderes Getränk und kehre dabei der Tanzfläche den Rücken zu.

Das hätte ich nicht tun sollen.

Als ich mich, mein gefülltes Glas in der Hand, wieder umdrehe, ist sie fort.

Und mit ihr der junge Mann.

Meine Hand zittert so, dass das Glas, als ich es zum Mund führe, ein klapperndes Geräusch an meinen Zähnen verursacht.

Das habe ich überhaupt noch nicht bedacht. Für mich war es selbstverständlich, dass sie bei mir war und ich bei ihr, dass ich diejenige war, die ihr diese veränderte Welt zeigte und sie leitete. Aber das ist ja Unsinn. Sie ist nicht mein Geschöpf, sie ist durch keine Nabelschnur mit mir verbunden. Wenn sie nicht frei sein darf, was hätte die ganze Aktion für einen Sinn gehabt?

Trotzdem. Die Sorge hält mich in ihren Fängen.

Ein Pärchen steht neben mir, verlangt eine Coke. Ich höre, wie sie reden. Deutsche.

»Hast du die gesehen?«, sagt der Junge. »Wie die Wilden im Busch.«

Reden sie über Anne und ihren Tanzpartner?

Das Mädchen lacht. »Aber tolle Choreo. Bestimmt trainieren die jeden Tag vorm Spiegel.«

Sie reicht die Flasche, aus der sie als Erste getrunken hat, ihrem Freund.

»Meinst du? Die haben das einfach im Blut. Exoten eben. Das Mädchen wirkte wie aus einer anderen Welt. Manchmal kam es mir vor, als wenn sie … als wenn sie weg war.«

»Was meinst du mit weg?«

»Irgendwie – durchsichtig.«

Der Junge prustet, verschluckt sich fast an seinem Getränk. »Eh, spinnst du?«

Ich entferne mich, mein Glas in der Hand. Mag denen nicht weiter zuhören.

Eins weiß ich sicher: An diesem Abend werde ich Anne nicht mehr zu Gesicht bekommen.

Immerhin glaube ich fest, dass sie mich zu finden weiß.

So rede ich mir ein.

Aber was, wenn sie fort ist? Sich auflöst, verschwindet, sich als Luftwesen, als Gebilde der Fantasie erweist?

Nein, unmöglich. Sie hat in meinen Armen gelegen, atmend, warm, ein Wesen aus Fleisch und Blut, eine *Person.*

Sie kommt wieder. –

Meine Vermutung war richtig.

Am Morgen steht sie plötzlich in meinem Hotelzimmer. Ich habe kein Klopfen gehört, auch die Tür nicht. Vielleicht war ich so abwesend, versunken in meinen Gedanken, dass ich einfach unachtsam war. Aber es kann auch sein, dass Türen für sie kein Hindernis sind.

Sie sieht noch schöner aus heute Morgen. Ihre Wangen glänzen wie mattes Elfenbein, ihr großer ausdrucksvoller Mund leuchtet. Sie hat etwas erlebt, das sie sehr glücklich gemacht hat …

Sie schlingt die Arme um mich.

»Ich war bei Haile!«, flüstert sie.

Also der junge Mann heißt Haile. Ein Äthiopier?

»Hast du dich verliebt?«, frage ich, glücklich über ihre Berührung, ihre Offenheit mir gegenüber.

Sie nickt heftig. »Ich habe Hunger. Ich möchte essen. Können wir frühstücken?«

Natürlich können wir frühstücken. Und ich bin sicher, sie wird mir erzählen, was da geschehen ist. Bei Haile.

Sie schlürft genüsslich ihren Milchkaffee, taucht das Croissant abwechselnd in ihre Tasse oder in das Schälchen mit Honig, das vor ihr steht, isst dazwischen löffelweise den festen cremigen Joghurt, den man ebenfalls auf ihren Wunsch hin serviert hat. Sie verdreht die Augen vor Begeisterung.

Ich schaue ihr zu und warte.

Während sie, die Augen halb geschlossen vor Wonne, in

kleinen Schlucken den frisch gepressten Orangensaft austrinkt, beginne ich, ungeduldig mit den Fingern auf die Tischplatte zu trommeln.

Sie merkt es. Lächelt ihr Schelmenlächeln mit den Wangengrübchen. Dann sagt sie ohne Umschweife: »Haile ist mein Freund.«

Wie meint sie das?, frage ich mich. In dem Sinne, wie der Begriff heute gebraucht wird: ein Liebster, ein Liebhaber? Oder so, wie sie es mit Peter erlebt hat – ein bisschen Streicheln, und ach, ein Kuss!?

Also frage ich vorsichtig: »Wie mit Peter?«

Sie sieht mich großäugig an. »Peter, aber das war ja dann ganz schnell schon vorbei. Damals. Obwohl, wir haben einfach über alles geredet.«

Was ja wahrscheinlich der Grund war, warum daraus nichts Tieferes wurde, nur eine Schwärmerei. Eine Flucht aus der Einsamkeit. Ein junger Mann, mit dem gemeinsam man … über alles redet … sogar über die Unterschiede zwischen männlichen und weiblichen Geschlechtsteilen … daraus wird dann wohl bei alledem nicht die Ebene der Leidenschaft.

»Willst du mir erzählen?«, frage ich, und sie nickt.

»Er ist sehr schön, nicht wahr?«, beginnt sie.

Ja, er ist sehr schön.

Sie ist ganz Feuer. »Diese Haare … ich habe nie im Leben solche Haare gesehen. Er muss gar nichts tun, er muss sie einfach nur wachsen lassen. Und er braucht sie nicht zu waschen. Nur mit Ölen bearbeiten. Sie duften, und sie sind hart, wenn man sie berührt. Ich, ich muss mein Haar ständig waschen und einen Lockenstab benutzen, damit sie nicht herunterfallen wie Stroh.«

Ich warte.

»Und seine Haut. Sie ist so dunkel, dass sie an manchen Stellen fast schwarz aussieht. In der Beuge des Ellbogens. Wie dunkles Gold. Seine Augen sind mandelförmig.«

Jetzt sind wir schon bei poetischen Vergleichen angelangt.

Ein tiefer Atemzug.

»Wir haben uns geküsst, Corelli. Oh, was haben wir uns geküsst. Ich wusste es ja nicht. Nicht bloß die Lippen. Die Zunge. Die Zähne. Der ganze schöne Mund. Und er hat mich im Arm gehabt. Er hat mich gestreichelt. So wie du. Aber es war anders. Und ich sollte ihn anfassen. Seine schöne Haut. Überall.«

»Was meinst du mit: überall?«

Sie legt den Kopf schief. Schalkhaft.

»Corelli, denkst du, ich weiß nicht Bescheid? Ich habe mit Peter auf dem Dachboden gesessen …«

Ich unterbreche sie.

»Ich habe es gelesen, Anne.«

Sie sieht mich an, irritiert. »Also?«

»Ihr habt *gesprochen*. Und ein Kuss war das höchste der Gefühle, nicht wahr? Ihr wart *Kinder*. Inzwischen bist du eine erwachsene Frau. Und du hast mit Haile … du hast mit ihm andere Spiele gespielt.«

Sie ist flammend errötet.

»Ja. Es waren unglaubliche Spiele. Und unglaubliche Gefühle. Nur, er wollte noch weitergehen. Diese Dinge, die man in einer Ehe tut. Das habe ich nicht gewollt.«

»Und? Werdet ihr euch wiedersehen?«

»Ich weiß nicht«, sagt sie verträumt. »Ich glaube, er war ein wenig verärgert, weil ich das nicht wollte, das Letzte.«

»Ihr habt euch nicht verabredet?«

»Er hat gesagt, er ist oft in diesem Tanzlokal. Da kann ich ihn finden, wenn ich Lust habe. Und das«, sie lacht, »kann sehr bald sein.«

Nun, vielleicht war dem schönen Mann dieses Wesen aus einer anderen Zeit irgendwie ein bisschen unheimlich … Diese junge Frau, die drauf und dran ist, jetzt nachzuholen, was sie sechzig Jahre lang versäumt hat …

Indessen wechselt Anne das Thema. Sie hat nämlich meinen geöffneten Laptop auf dem Tisch entdeckt. »Was ist das? Eine Schreibmaschine mit einem Bild?«

»Eine Schreibmaschine mit vielen Bildern. Bewegten Bildern wie im Kino. Eine Schreibmaschine, die sogar Musik machen kann.«

Sie sieht mich an, mit offenem Mund. So einfach wie möglich erkläre ich ihr das, was ich selbst nicht so ganz verstehe: die Existenz des Internets, die Möglichkeit, zu schreiben, zu bewahren oder zu löschen, zu verändern und zu vervielfältigen, mit anderen zu kommunizieren …

Ihre Augen glänzen. »Aber das ist ja – das ist unglaublich gut! Das ist ja eine wahre Gottesgabe für alle, die schreiben! Eine Zauberschreibmaschine! Wer hat so etwas Großartiges erfunden?«

Sie wartet keine Antwort ab. »Zeigst du mir, wie es geht? Darf ich damit spielen? Bitte!«

»Solange du mir nicht löschst, was ich geschrieben und abgespeichert habe«, sage ich und ziehe vorsichtshalber alles auf den Stick, bevor ich sie an das Gerät lasse.

Es zeigt sich, dass sie mit der Tastatur umzugehen weiß, offenbar hat sie in der Prinsengracht, wenn sie in das leere Büro konnte, schon ein bisschen auf Mieps Schreibmaschine herumgeklappert. In der Hinsicht ist keine Einweisung vonnöten. Nun zeige ich ihr, was so ein Ding außer Schreiben noch alles kann. Wie man damit auf die Reise gehen kann, ohne sich vom Fleck zu bewegen.

Sie ist flink und hat keinerlei Scheu vor der Technik. Da es für sie ohnehin ein Wunder ist, kommt sie gar nicht auf die Idee, dass man etwas falsch machen könnte.

Zu meinem Erstaunen geht es ihr aber nicht darum, etwas Eigenes aufzuschreiben – ich hätte gedacht, das müsse ihr nächstliegendes Interesse sein. Nein, sie ist geradezu besessen davon, sich die Welt auf den Bildschirm zu holen. Musiken von nah und fern zunächst, Konzertausschnitte (mir fällt ein, wie die Bewohner des Hinterhauses sich einträchtig um das kleine Radiogerät scharten, um ein Klavierkonzert von Beethoven zu hören), bunt durcheinander, Klassik, Schlager, Folklore. Sie glüht vor Begeisterung, kommt vom Hundertsten ins Tausendste. Dann entdeckt sie Tangotänzer.

»Aber den Tanz muss man lernen, nicht wahr? Oh, den will ich unbedingt lernen!«

Sie sieht einer Siebzigjährigen mit den Beinen einer Ballerina und der Gestalt eines jungen Mädchens beim Tango zu, hingerissen.

»Wenn man das mit siebzig kann, dann …«

»… kann man es auch mit fünfundachtzig lernen«, ergänze ich, und wir wollen uns ausschütten vor Lachen.

Ich lasse sie allein vor dem Schirm – wohl wissend, dass sie nach den Dingen, die sie entzücken, auch auf Seiten stoßen wird, die dieser flüchtigen Idylle ein Ende machen werden. Fragen, die unvermeidlich kommen werden.

Sie kommen eher als erwartet.

Ich war ausgegangen, ein bisschen Obst für uns zu kaufen. Ein bisschen Wein. Und den Joghurt, den sie offenbar sehr liebt.

Und nun finde ich eine geisterbleiche Anne Frank, die vor dem Bildschirm sitzt und ins Leere starrt.

Schlimmer hätte es nicht kommen können. Das ist genau das, was sie noch nicht erfahren sollte. Jedenfalls nicht jetzt schon. Bei ihrer Kreuz- und Querreise durch das überwältigende Angebot des Netzes ist sie auf eine Sammlung von Plakaten gestoßen; wer die zusammengestellt hat und unter welchen Voraussetzungen, weiß ich nicht. Ich sehe nur, was sie sieht:

Auf giftgrünem Grund zwei schwarze Streifen. In der Mitte zwei vereinte Hände, ein Händedruck. Und dann eine Zeile Text. Welche Partei oder Organisation das auch immer ins Netz gestellt hat – sie fordert sozusagen alles umfassend. Alle. Ohne Ausnahme. Der Text, oben und unten*: Rotterdam & Palestine United against Jews.* Ganz Rotterdam. Ganz Palästina. Vereint gegen die Juden.

Und dann ist da die linke Ecke. Da ragt ein roter Wimpel ins Bild. In der Mitte ein weißer Kreis, wie er in der Nazizeit vorgesehen war für das Hakenkreuz. Aber stattdessen befindet sich darin der blauweiße Davidsstern, das Symbol des Staates Israel, mit rotem Balken durchgestrichen.

Anne wirkt wie ausgelöscht.

Während ich schnell das Bild tilge, beginnt sie zu flüstern, als sei sie noch im Versteck und dürfe nicht laut reden.

»Aber du hättest mich doch nicht … da herausgeholt, wenn alles noch so ist wie damals, als wir ins Versteck gehen mussten? Hitler … sie haben ihn doch besiegt, nicht wahr? Ich konnte ohne den gelben Stern herauskommen. Und was für ein blauweißer Stern ist das hier? Corelli, ich verstehe das nicht. Am liebsten würde ich jetzt … wieder zurückgehen …«

Ich spüre, dass sie schwindet. Dass sie durchsichtig wird, wie in dem Moment, als der Radfahrer sie überrollte.

Ich greife nach ihren Händen, halte sie fest.

»Bleib!«, sage ich dringlich. »Ich erkläre dir alles.«

»Wenn du kannst?!« Es klingt ungläubig.

Wie sind ins Rijksmuseum gegangen, vielmehr habe ich sie hingelotst, weil ich dachte, dass sie unter den unsterblichen Bildern, auf denen Rembrandt unsere jüdischen Vorfahren im Amsterdam vor zweihundert Jahren verewigt hatte, gut aufgehoben sei – Die jüdische Braut – Der verlorene Sohn – Abraham und Sara –, aber sie hat kaum einen Blick dafür. Es zieht sie zu den Motiven aus der Antike, zu den Malern des Mittelalters, die sich in diesen Themen versuchten, zu ihrer eleganten Buntheit und Figurenfülle, und ich erinnere mich, dass sie ja da in ihrem Versteck begeistert über griechische und römische Mythologie gelesen hat.

Sie erkennt die Geschichten schon, bevor sie die Bildunterschrift liest, und ist stolz auf ihr Wissen.

Für ein, zwei Viertelstunden scheinen die dunklen Schatten zurückgedrängt. Vergessen sind sie nicht.

In einem der großen überdachten Lichthöfe des Museums machen wir Halt, setzen uns auf die Stufen.

»Du wolltest mir etwas erklären«, sagt sie ohne Umschweife. »Du hast gesagt, Hitler hatte verloren damals, das ist siebzig Jahre her, du hast gesagt, dass keiner niedriger angesehen wird als der andere, dass so etwas wie minderwertige Rassen – hast du nicht so gesagt? –, dass es sie nicht gibt. Du hast es mir … erklärt. Aber was ich da gesehen habe … auf diesem Plakat … Was bedeutet es denn nun? Der blauweiße Stern? Was hat das Land Palästina damit zu tun?«

Sie hat mich am Arm gepackt, schüttelt mich fast. Ich muss wohl mit der Tür ins Haus fallen.

»Ganz im Gegensatz zu dem hässlichen gelben Stern, den du tragen musstest, der dich vor den anderen brandmarken sollte, ist der andere Stern ein Zeichen des Stolzes. Du weißt ja sicher, dass er vom legendären jüdischen König David herkommt. Dieser blauweiße Stern ist das Emblem einer Landesfahne. Er ist die Fahne des Staates Israel, des Staats der Juden, der sich auf dem Gebiet des Landes Palästina befindet.«

Sie starrt mich an, die Lippen leicht geöffnet, die Pupillen geweitet. Dann schüttelt sie den Kopf. »Das glaube ich nicht«, sagt sie leise. »Das ist ein Märchen.«

»›Wenn ihr wollt, ist es kein Märchen‹, hat schon lange, bevor du geboren wurdest, ein berühmter Mann geschrieben, in seinem Buch ›Der Judenstaat‹. Hat man in eurer Familie nie über den Zionismus gesprochen?«

»Zionismus? Die Eltern meiner Freundin Hanna oder Lies, wie ich sie nannte, die Familie Goslar – die waren zionistisch. Aber ich wusste nicht so recht, was das war. Irgendeine politische Strömung. Pim, ich meine, mein Vater, hielt nicht viel von solcher Politik.« Wieder rüttelt sie mich am Arm. »Wozu erzählst du mir das alles? Ich verstehe immer weniger.«

»Dieser Zionismus, von dem deine Familie offenbar nichts wissen wollte, war eine mächtige Kraft überall auf der Welt, wo Juden lebten. Man sagte sich: Wir Juden sind ein Volk wie andere auch. Solange wir nur geduldet unter den anderen Völkern leben, ist es leicht uns zu vernichten. Wir brauchen einen eigenen Staat. Darum gingen so viele nach Palästina. Denn das war das Gebiet, von dem aus die Juden in alle Welt vertrieben wurden vor Tausenden von Jahren. Dahin wollten sie zurück.«

»Ja, ich glaube, Hannas Vater, Herr Goslar, redete auch vom Auswandern nach Palästina.« Sie unterbricht sich, runzelt die Stirn. »Aber da konnte man nur Bauer werden, glaube ich. Oder vielleicht Schafhirte. Das war keine schöne Aussicht. Und wieso meinten sie, dort willkommener zu sein… als zum Beispiel, in Amerika, wo man weiter so sein konnte wie zuvor?«

»Noch bevor du auf die Welt kamst, hatten die Engländer ein Versprechen an die Juden abgegeben. Das Versprechen, dass das jüdische Volk in Palästina eine Heimstatt finden solle.« (Ich verschweige, dass sie später wenig dafür taten, ihr Versprechen einzulösen.)

»Wieso die Engländer?«

»Sie hatten nach dem Ersten Weltkrieg dort die Oberhand.«

Anne Frank presst die Handballen gegen ihre Augen, lehnt sich zurück.

»Gemach, gemach«, sagt sie, und mir fällt wieder auf, dass es jetzt die Stimme der Schauspielerin ist, die ich damals gesehen habe, eine frische und dennoch erwachsene, volltönende Stimme; zwischenzeitlich hatte ich das vergessen. »Ich muss das jetzt… richtig begreifen. Wir, die

Franks, wir waren nicht so eine Familie, die einen eigenen Judenstaat wollte. Ganz bestimmt nicht. Wir waren doch ganz normale Bürger. Nach der Schule wollte ich in Paris studieren. Kunstgeschichte. Oder Philosophie. Margot wollte Krankenschwester werden. Ich weiß gar nicht, ob meine Eltern mal in die Synagoge gegangen sind. Zu den hohen Feiertagen vielleicht. Ich weiß nicht mal so genau, welche das sind! Zu Chanukka gab's Geschenke für uns Kinder. Aber wir fanden Nikolaus viel schöner.« Sie lacht kurz und es klingt verzweifelt. »Juden – eben eine andere Religionsgemeinschaft. Protestanten und Katholiken stören einander doch auch nicht. Warum sollten gerade wir den anderen ein Dorn im Auge sein? Wir lieben Bach und Beethoven, wir lesen Goethe und Heine, wir lernen Fremdsprachen, wir interessieren uns für Geschichte. Pim hatte mir sogar ein Neues Testament geschenkt, damit ich mich mit der Gestalt von Jesus und seinen Gedanken vertraut machen konnte. Das hat alles nichts gegolten. Ich habe das ja in meinem Tagebuch aufgeschrieben. Zwar war ich noch klein, als wir damals aus Deutschland fortgegangen sind nach Amsterdam. Das war 1934 und ich war gerade mal vier Jahre alt. Aber natürlich weiß ich von den Pogromen, von den Judengesetzen, die uns alle Rechte nahmen, und von den Arbeitslagern, in die man die Juden gesteckt hat. Aber wir waren doch gar nicht anders als die anderen …«

Ich weiß, dass die Franks aus Frankfurt am Main fort gingen, als das Leben unerträglich wurde für sie.

Sie lehnt ihren Kopf an meine Schulter. Wie schweigen einen Moment, lauschen auf das ferne Brausen der sich hier überschneidenden Stimmen aus den Ausstellungsräumen, wo gescheite Führer den Besuchern die Bilder erklären. Hin und wieder durchmessen eilige Schritte den Lichthof, Kinder lachen, man parliert in vielen Sprachen. Um uns kreist Europa, das gebildete, das kultivierte Europa, schöner Mittelpunkt der Welt. Aber die Juden wollte es nicht haben.

Es gibt Dinge, die sie erfahren muss. Auch wenn es furchtbar schmerzt.

»Es waren nicht bloß Arbeitslager, Anne«, sage ich, so ruhig ich kann. »Es waren … Vernichtungslager. Er hat uns abgeschlachtet wie Ratten, dieser Hitler. Wie Ungeziefer. Zu Tausenden. Zu Millionen.«

Ich erwarte, dass sie dieser Nachricht keinen Glauben schenkt oder schließlich in Verzweiflung versinkt, aber sie bleibt erstaunlich ruhig. Ja, natürlich, denn im Grunde weiß sie es ja. Der Teil ihres Lebens, das Paralleluniversum, das wir ausgeblendet haben – es ist latent vorhanden, drängt hervor dann und wann, speist sie mit einem Wissen, das sie eigentlich nicht haben kann und darf.

So nickt sie denn nur grimmig, wissend. Und sagt: »Da wundert es mich, dass noch welche übrig geblieben sind für diesen … Staat. Wie ist sein Name, der Name von diesem Judenstaat?«

»Israel. Er heißt Israel. Und der Stern ist die Staatsflagge.«

Sie ist aufgesprungen, geht nun hin und her in diesem schönen Atrium, in ihrem roten Kleid und ihren weinroten Schuhen, eine lebendige Flamme.

»Die sie durchgestrichen haben auf dem Plakat! Die sie der Nazifahne ähnlich gemacht haben! Wieso sollen Juden heute wie Nazis sein?«

»Du musst es dir in Ruhe anhören. Wie alles gekommen ist.«

»Ja. Das will ich ja. Aber ich will nicht hier sitzen bleiben. Ich will laufen, meine Beine bewegen. Durch die Grachten, am Wasser entlang, unter den Bäumen.«

Während wir das Museum verlassen, springen ihre Gedanken zurück. Es ist, als würden die neuen Erfahrungen die Erinnerungen an ihr altes Leben erwecken.

»Die Bäume! Mein Kastanienbaum!«, sagt sie. »Das einzige Grün, das ich sehen konnte, von der Dachluke aus. Wie hat er mich doch getröstet! Die ersten Blätter, dann die großen Blütenkerzen. Später dann die reifenden Früchte. Wenn die stachlige Schale aufplatzte, die blanken braunen Früchte herausguckten, bevor sie zu Boden fielen – ach, wie gern hätte ich eine davon in Händen gehalten, sie zwischen den Fingern hin und her gerollt, die Glätte, die seidige Glätte gespürt. Aber ich durfte ja nicht hingelangen. Wenigstens konnte ich sie riechen, die Kastanie. Im Herbst. Die fahlen Blätter, so ein erdiger Geruch. Dann, im Winter, war es aber nur noch … das Skelett. Schwarze Äste. Manchmal lag Schnee darauf wie ein flauschiges Fell. Wie das Fell meiner Katze, die ich verlassen musste.«

Sie ist gerade nicht zu bremsen. Sie redet. Sie dichtet. Ich höre die Stimme einer Schriftstellerin, höre die Töne und Farben, die Worte, in denen sie sich vielleicht später getummelt hätte … Höre einfach zu. Leichtfüßig geht oder vielmehr tänzelt sie neben mir, halb vor mir her, ist immer schneller als ich, sie scheint zu schweben.

Dann bricht sie plötzlich ab, bleibt stehen, ungeduldig. »Also was ist das mit diesem Staat? Du musst es mir sagen, endlich!«

Ich verkneife mir das Lächeln. Ich war gerade beim Zuhören …

Sie insistiert, fängt selbst an. »Also der Krieg war endlich vorbei.«

Ja, der Krieg ist vorbei.

Aus den Trümmern ihrer verwüsteten Wohnstätten kommen nun die Überlebenden Deutschlands hervorgekrochen, gepeinigt, gedemütigt, um ihre Hoffnungen betrogen, in ihren Träumen gekränkt, manipuliert und verraten, stumpf und unbelehrbar die meisten, voll ziellosem Hass wegen dem, was ihnen zugestoßen ist, obwohl sie selbst es verschuldet haben.

Unter denjenigen, die Zerstörung und Zusammenbruch überlebten, gibt es, kaum glaublich, noch in ganz Europa Juden. Diejenigen, die in Verstecken unter unsagbaren Bedingungen überdauert haben, und jene, die in den Lagern davongekommen sind, gequält, den Tod jede Minute vor Augen. Es sind Tausende. Trotz allem. Immer noch.

Man nennt sie Displaced Persons, Menschen, die ihren Platz verloren haben. Heimatlose. Wo sollen sie hin? Einige wenige haben die Idee, dahin zurückzukehren, von wo man sie verschleppt hat. Sich wieder anzusiedeln zwischen den Nachbarn, die sie, als sie herausgerissen wurden aus ihrem Leben, damals vielleicht verraten haben oder zumindest gleichgültig weggeschaut, wenn man sie abführte. Sie meinen, man müsste doch bemüht sein, das Unrecht, das ihnen, den Juden, angetan wurde, nun zu sühnen.

Sie sollen sich bitter täuschen.

Da gibt es die Geschichte der Juden von Kielce. Die will ich dir erzählen.

Kielce, musst du wissen, ist eine polnische Kleinstadt, etwa 150 Kilometer südlich von Krakau. Die Nazis hatten es geschafft, Kielce »judenfrei« zu machen; allerdings gelang es einem Teil der jüdischen Bevölkerung, rechtzeitig nach Osten zu fliehen, nach Russland, in die Sowjetunion. So konnten sie überleben.

Nun kehren sie, ermuntert von einem Aufruf der polnischen Regierung, in ihre Stadt zurück.

Aber: Sie sind unwillkommen.

Kein Einwohner von Kielce denkt daran, freiwillig eine jener Wohnungen zu räumen, aus denen die einstigen Mitbürger verschwunden waren und in denen man nun so behaglich sitzt. Niemand rückt das silberne Kaffeekännchen heraus oder den schönen Leuchter, den er »übernommen« hat.

Kaum einer kann sich »erinnern«, dass ihm die Abgeholten damals etwas von ihrer Habe zur Aufbewahrung anvertraut haben. Und wenn – dann ist das alles angeblich draufgegangen in den Kriegswirren, das haben die Deutschen mitgehen lassen!

Tag und Nacht werden die Heimkehrer belauert: Haben sie irgendwo noch Werte vergraben? Möglicherweise auf einem Grundstück, das einem selbst gehört, einem »polnischen Grundstück«, wo kein deutscher Soldat nach jüdischen Werten gesucht hätte. Dann könnte man zumindest einen Anteil verlangen!

Die Stimmung ist mehr als unfreundlich.

In den Geschäften werden die Ankömmlinge nur unwillig bedient, auf der Straße wendet man den Kopf weg, wenn die alten Nachbarn vorbeikommen. Drohungen werden ausgestoßen.

Man will von den alten Geschichten nichts mehr wissen, man will diese von früher her vertrauten Gesichter nicht wiedersehen.

So drängt sich der größte Teil der Juden, immerhin über hundert Heimkehrer mit ihren Familien, in einem einzigen Haus zusammen, das sie gemeinsam angemietet haben. Das Haus Planty-Straße 7.

Aber das kann ihnen nicht helfen.

Es ist Anfang Juni im Jahr 1946, in einem Juni so schön und sonnig wie unserer hier in Amsterdam, da meldet eine polnische Familie in Kielce ihren achtjährigen Sohn als vermisst – nennen wir ihn einmal Frantek. Wahrscheinlich hat er etwas ausgefressen und ist aus Furcht vor Strafe nicht nach Haus gekommen.

In Kielce brodelt die Gerüchteküche. Hat es etwas mit den »Heimkehrern« aus Russland zu tun? Die Stimmung wird immer feindlicher.

Am 4. Juli nun ist Frantek wieder da. Wo auch immer er gewesen ein mag … Vielleicht war er auf dem Land bei seiner Tante, die annahm, die Eltern hätten ihn geschickt. Um sein Verschwinden zu erklären, stimmt er bereitwillig zu, als ihm der Vater eine Geschichte in den Mund legt. Ja, so ist es gewesen.

An der Hand seines Erzeugers also marschiert er zur Miliz, zur dortigen Polizei. Stotternd und vom Vater immer wieder unterbrochen und verbessert, erklärt er unter Tränen: Die Juden haben mich im Keller des Hauses in der Planty-Straße gefangengehalten …

Den Milizionären von Kielce scheint die Geschichte von der Gefangenschaft im Keller des »Judenhauses«

durchaus glaubhaft. Sie machen sich mit Frantek und dessen Vater auf, um der Sache nachzugehen.

Dass der Junge sich nicht an den Weg zu besagtem Haus erinnert, ist für sie kein Grund, an seiner Aussage zu zweifeln. Das Kind ist verwirrt von dem, was es durchgemacht hat …

Und statt nun stillschweigend ihren Ermittlungen nachzugehen, erzählen sie von dem Verdacht unterwegs den Passanten, immer wieder angefeuert von dem wütenden Vater.

Die Geschichte macht die Runde in Kielce wie ein Lauffeuer. Aus einem Verdacht wird in den Augen der Ansässigen eine Tatsache.

Auf einmal ist alles wieder da; uralte Gräuelgeschichten aus der Vorzeit: Hat es nicht immer geheißen, die Juden würden Christenkinder schlachten, um mit ihrem Blut den Teig für die Mazzen, ihr Brot, anzurühren?

Als die Milizionäre schließlich das bewusste Haus erreichen, hat sich davor bereits eine wütende Menge angesammelt, die Verwünschungen gegen die »Mörder an Christenkindern« ausstößt. Schon klirren Fensterscheiben. Und dann stürmt die Menge das Gebäude.

Greift die Miliz überhaupt ein? Darüber wird kein Wort verloren in den Protokollen, die von von diesem Vorgang berichten. Sehr bald allerdings fallen Schüsse. Aber nicht die Ordnungshüter schießen. Sondern irgendwelche Soldaten, die sich unter den Mob gemischt haben, und sie schießen nicht auf die Angreifer, sondern auf die Juden.

Pure Mordlust wütet. Es wird geschlagen, geschossen, Frauen und Kinder werden aus den Fenstern geworfen. Wer flüchtet, wird noch auf der Straße hingestreckt.

Mehrere Stunden toben die von blindem Hass erfüllten Bürger von Kielce gegen die Zurückgekehrten.

Zwei Polen, die versuchen, dem Wahnsinn Einhalt zu gebieten, werden mit den »Feinden« gleichgesetzt.

Als die Wut verraucht, sind über vierzig Juden tot – auch die beiden Polen, die eingreifen wollten, befinden sich unter den Erschlagenen. Über achtzig Juden sind schwer verletzt.

Die polnische Justiz greift später willkürlich angebliche Rädelsführer heraus und verurteilt sie zum Tode – man war nach 1945 mit der Verhängung von entsprechenden Urteilen nicht zimperlich. Wer die wirklichen Anstifter waren, bleibt ungeklärt.

Übrigens: Das Haus in der Planty-Straße 7 hat gar keinen Keller …

»Das hast du dir nur ausgedacht, nicht wahr? Das hat sich nicht wirklich zugetragen!«

Ich erschrecke. Erschrecke vor dem warmen Glockenklang dieser Stimme, die immer tiefer, immer reifer, immer dramatischer wird.

Habe ich Anne Frank eben wirklich die Katastrophe von Kielce erzählt, habe ich mich nicht bloß daran erinnert? Wohnt sie so sehr in meinem Kopf, dass sie meine Gedanken lesen kann, so wie ein Taubstummer vom Mund abliest?

Wir sitzen wieder auf Treppenstufen, als gäbe es nicht genug Bänke in dieser Stadt, von Cafés und Restaurants einmal ganz abgesehen, wo man sich hätte niederlassen können. Es hat uns in die Nähe der Touristeninformation verschlagen, die Stufen führen zu einer Anlegestelle hinunter. Um uns herum schwirren Besucher des In- und Auslands, die meisten zerren riesige Koffer auf Rollen hinter sich her, die ein unaufhörliches schnurrendes Geräusch auf dem Pflaster erzeugen.

(Sie betrachtet diese Dinger übrigens voller Interesse: »Wieso ist man zu meiner Zeit nicht darauf gekommen, Räder an einem Koffer zu befestigen?« und: »Was führen diese Leute denn alles mit sich? Ihren gesamten Hausrat?«)

Nun aber sind ihre graugrünen Augen mit unerbittlicher Frage auf mich gerichtet, voller Empörung und Zorn.

»Nein, Anne« sage ich. »Das habe ich mir leider nicht ausgedacht. Das ist geschehen, ein Jahr, nachdem der Krieg vorbei war. Und vielleicht verstehst du, warum die Juden lieber nach Palästina wollten, als – wie hast du gesagt? – als Bauern oder Schafhirten, statt im alten Europa zu bleiben.«

Sie nickt nachdenklich. »Man konnte auch nach Amerika, nicht wahr? In die Vereinigten Staaten oder nach Südamerika. Schließlich hat Pim, also mein Vater, mit dem Gedanken gespielt, mit uns dahin auszuwandern. Meine beiden Onkel sind ja auch dahin geflohen.«

»Man konnte fliehen und man konnte nicht.«

»Du sprichst in Rätseln.«

Ich seufze. »Um in all diese Weltgegenden zu gelangen, von denen du da sprichst, brauchte man zweierlei: ein Visum und Geld. Geld konnten dir unter Umständen jüdische Hilfsorganisationen oder Verwandte aus Amerika geben. Gültige Einreisepapiere zu erhalten – das war schon schwieriger.«

»Aber warum?«

»Weißt du, als der Krieg vorbei war, da meinten sie wohl alle, sie würden keine armen Schlucker in ihren Ländern brauchen können, noch dazu solche, die meistens völlig überflüssige Berufe ausübten wie zum Beispiel Geschichtsprofessoren oder Mathematiker. Die Amerikaner hatten keinen Bedarf. Die Engländer waren selbst arm wie die Kirchenmäuse.«

»Also Palästina. Stimmt's?«

»Ja. Aber das war freilich mit das Schwierigste.«

Sie springt auf, läuft die paar Schritte zum Wasser herunter, dann die Stufen wieder herauf. Es fällt ihr schwer, länger an einem Fleck zu verharren.

»Hast du nicht erklärt, die Engländer hätten den Zionisten etwas zugesagt? Wie hast du es genannt: eine bleibende Heimstatt? Was ist nun schon wieder schief- und krummgelaufen in dieser verrückten Nachkriegswelt?«

»In der verrückten Nachkriegswelt«, wiederhole ich ihre Worte, »bekamen die Engländer, oder, wie man sie damals zumeist nannte, die Briten, immer mehr Bedenken. Bedenken, die sie auch schon vorher gehabt hatten. Ich verstehe ja, dass ihr, die Familie Frank, andere Sorgen hattet, als euch um das zu kümmern, was da in Nahost geschah – und du warst ohnehin … warte einmal, im Jahr 1929, als du geboren wurdest, gab es da unten in Palästina die ersten großen Kämpfe zwischen den alteingesessenen Arabern und den jüdischen Neusiedlern. Das ist nie bis zu euch gedrungen, oder?«

Sie zuckt die Achseln. »Ich kann mir nicht vorstellen, dass es irgendjemanden in den Kreisen meiner Eltern interessiert hat, was die Zionisten im Nahen Osten machten. Es gab Kämpfe?«

»Ja. Die Araber fühlten sich an den Rand gedrängt. Und die Briten bekamen es mit der Angst zu tun vor einer jüdischen Übermacht. Sie wollten ja eine Balance halten da unten, es mit der arabischen Seite nicht verderben – die hatten ja auch Erdöl! So begrenzten sie die Einwanderungsquote für Palästina.«

»Und die Überlebenden aus Europa?« Anne hat sich wieder zu mir gesetzt, ganz dicht, sie fiebert meiner Antwort entgegen, während ich mir schon vorkomme wie eine Schullehrerin, aber sie muss es ja verstehen.

»Die konnten nur illegal ins Land.«

»Illegal – wie man da lebt, das weiß ich!«, sagt sie mit einem kleinen bitteren Lachen. »Aber wie kommt man illegal über ein Meer?«

»Mit illegalen Schiffen«, erwidere ich, und sie legt den Kopf schief.

»Was ist das?«

»Nun, die Juden, die seit längerer Zeit in Palästina lebten, die waren im Lauf der Jahrzehnte stark und selbstbewusst geworden. Und sie waren viele. Sie beschlossen, die Überlebenden der Vernichtung zu retten. Da gab es eine Organisation, die Hagana.«

»Eine illegale Organisation?« Annes Augen blitzen vor Vergnügen, die abenteuerliche Geschichte macht ihr sichtlich Spaß.

»Eine illegale Organisation«, bestätige ich. »Und sie kauften mit dem Geld amerikanischer Helfer Schiffe, die unter einer Fantasieflagge heimlich in den Häfen des Mittelmeers die Displaced Persons einluden und versuchten, sie nach Palästina zu bringen.«

»Das gefällt mir!«, sagt sie energisch.

Ich nicke. »Das kann ich mir denken. Den Engländern – also den Briten – gefiel das aber überhaupt nicht. Sie taten alles, um diese Schiffe abzufangen und umzulenken nach Zypern, wo sie die Juden in Lager steckten. In andere Lager als die der Nazis. Aber auch in Lager.«

»Aber …« Sie runzelt die Stirn. »Aber das waren doch … die Befreier! Sie haben Hitler vernichtet! Ihre Bomber flogen beinah jede Nacht über unser Hinterhaus hinweg, um die Städte in Deutschland zu bombardieren, und wenn ich auch oft vor Angst gezittert habe – wir beteten, dass sie heil zurückkommen mögen. Wenn sie die Menschen aus den Lagern herausgeholt haben, wie konnten sie sie da wieder in Lager hineinstecken? Das ist … das ist doch unmenschlich!«

Wir schweigen. Ich sehe sie von der Seite an. In ihren Augen glänzen Tränen.

»Ich verstehe das nicht. Warum haben sie so gehandelt?«

»Es ging um die Macht«, erwidere ich. »Britanniens Weltreich bröckelte an allen Ecken und Enden. Nach dem Ersten Weltkrieg hatte die Völkergemeinschaft Palästina in die Obhut der Briten gegeben. Nun wollte man aus britischer Sicht mit allen Kräften verhindern, dass man dort nichts mehr zu sagen hatte.«

Sie unterbricht mich, voller Ungeduld. »Nun weiß ich immer noch nicht, was es mit diesem Plakat auf sich hat. Also der Staat wurde gegründet – und warum setzt man ihn mit Nazis gleich?«

»Darauf kommen wir noch. Also: Er wurde gegründet und er ist da. Aber es gab noch eine schlimme Geschichte. Danach lenkte England ein.«

»Du sollst mir diese schlimmen Geschichten nicht ersparen.«

»Weißt du, warum wir Juden Pessach feiern?«

Sie sieht beiseite. »Wir Franks haben es nicht gefeiert. Es ist so etwas wie Ostern, nicht wahr?«

»Es ist das schönste Fest unseres Volkes«, sage ich. »Es ist das Fest der Befreiung aus der ägyptischen Knechtschaft. Mose führte unser Volk durchs Rote Meer ins Gelobte land, nach Palästina. Diesen Auszug nennt man auf Lateinisch Exodus. Das ist die alte Geschichte. Nun kommt die neue.«

Die Hagana, die illegale Hilfsorganisation, bemüht sich einmal mehr, Überlebende nach Palästina zu bringen. Deshalb kauft sie einen ausrangierten Vergnügungsdampfer, ein langes und schmales Schiff. Sie kauft es für 60 000 Dollar und bringt es in einen südfranzösischen Hafen. Dort baut man es um. Es soll so viel Passagiere wie möglich aufnehmen können – alles Überlebende aus Europa.

Im Hafen von Sète nimmt man 4515 Menschen an Bord, die den Völkermord an den Juden überlebt haben. Sie stammen aus unterschiedlichen europäischen Ländern. Viele Kinder und Frauen sind darunter, auch Schwangere.

Das Besondere: Es gibt keine Waffen an Bord. Die jungen Männer der Hagana, die für den Schutz der Passagiere eingeteilt sind, haben lediglich lange Stangen, um damit bei etwaigen Entermanövern die Angreifer zurückstoßen.

Dies alles geschieht im Jahr 1947.

Dann wird das Schiff umbenannt, in Hagana Ship Exodus 1947.

Auch damit hat es seine besondere Bewandtnis: Nach jüdischer Zeitrechnung zog Mose einst mit dem Volk Israel im Jahr 1947 aus Ägypten fort.

Das passt zusammen und die Hoffnungen sind groß.

Man bricht auf ins ersehnte Land.

Aber man hat die Rechnung ohne die Briten gemacht. Der englische Geheimdienst ist unterrichtet und beschließt, ein Exempel zu statuieren, um die illegale Einwanderung nach Palästina ein für allemal zu stoppen. Zwei britische Kreuzer begleiten die »Exodus« auf hoher See. Von Zeit zu Zeit rückt einer davon bedrohlich nahe heran, und der britische Befehlshaber fragt über das Sprachrohr, ob man etwas benötigen würde … Ein Zeichen dafür: Wir sind da. Wir lassen euch nicht aus den Augen.

Es werden immer mehr. Bald sind es sechs britische Kriegschiffe, die die Exodus begleiten.

Kurz vor Haifa stoppen die Briten das Schiff und fordern die Besatzung auf, zurückzufahren. Aber der Kapitän weigert sich. Er versucht, der Flotte zu entkommen.

Die Briten lassen nicht locker. Sie nehmen die Verfolgung auf, kreisen das Schiff ein und beginnen, es von allen Seiten zu rammen.

Schließlich entern sie das Schiff. Unbewaffnet, wie sie sind, wehren sich Hagana-Kämpfer und Flüchtlinge verzweifelt mit allem, was sie zur Hand haben, mit Stangen, Flaschen, Haushaltsgeräten, Lebensmitteln wie Konservendosen und Kartoffeln. Aber dann eröffnen die Briten das Feuer.

Daraufhin ergibt sich das Schiff.

Drei Menschen sind tot, viele wurden schwer verletzt, auch Frauen und Kinder. Die Engländer eskortieren die schwer angeschlagene Exodus zunächst in den Hafen von Haifa.

Dann sehen sie: Die Kais sind schwarz von Menschen. Tausende erwarten die Ankunft des Schiffs, darunter auch drei Vertreter der Vereinten Nationen, des neuen, nach dem Zweiten Weltkrieg gegründeten Völkerbunds, die als Beobachter der Situation in Palästina sind …

»Du musst wissen, dass nach diesem furchtbaren Krieg die Staaten entschlossen waren, die großen internationalen Fragen auf friedliche Weise zu klären: in einer Art von Weltparlament.«

»Das hört sich gut an!« Über ihr Gesicht geht ein Lächeln. »Aber erzähl weiter!«

Also fahre ich nach dieser notdürftigen Erklärung fort: »Gut. Der Bordfunker nämlich hat das Geschehen aufs Festland übertragen und damit nicht nur Palästina informiert über die Vorgänge – die ganze Welt weiß darum. Und die ganze Welt erwartet von England eine humane Reaktion.

Vergeblich. Die Briten bleiben stur.

Unter strenger Bewachung werden die tödlich erschöpften Passagiere auf drei andere Schiffe verladen und zurück nach Frankreich verbracht. Aber die Auswanderer weigern sich, wieder an Land zu gehen. Nur 75 kranke und psychisch zermürbte Menschen nehmen das Asylangebot Frankreichs an. Die anderen wollen nur eins: nach Palästina!

Doch die Engländer sind nicht gewillt, nachzugeben. Die Weltmacht kennt keine Skrupel. Sie schickt diejenigen, für deren Befreiung aus den Lagern sie noch vor zwei Jahren gekämpft hat, wieder zurück – nach Deutschland.

Als schließlich am 8. September der Hamburger Hafen erreicht ist, holt man die Flüchtlinge zwangsweise von den Schiffen. Die meisten weigern sich zu gehen und werden getragen. Die internationale Presse schaut zu und kommentiert.

Und dann bringen die Briten die ehemaligen KZ-Häftlinge in Güterwaggons in ein Lager bei Lübeck, das vor kurzem noch ein von Stacheldraht und Wachtürmen umgebenes Nazi-Lager war!

Die Weltöffentlichkeit protestiert. Amerikas Präsident schaltet sich ein. Und schließlich, nach fast einem Monat, lässt man die Exodus-Juden frei. Die meisten schlagen sich wieder nach Südfrankreich durch und bemühen sich um eine andere Schiffspassage …

Sie kommen zurück ins Gelobte Land.«

»Deine Geschichten treffen mich wie eine Keule«, sagt sie, und noch einmal fällt mir auf, dass sie in ihrem Inneren all die Dinge, die sie und ihre Familie erlebt haben, einfach *weiß*, während sie das Neue nun erst erfährt. Das, nachdem sie *eigentlich* aufgehört hat zu existieren … Mich schaudert.

»Haben nicht alle Gegner der Deutschen für Wahrheit und Recht gekämpft? Warum werden dann die Juden immer weiter gequält?«

»Anne«, sage ich hart und unterdrücke meine Empfindungen, »diese Retter und Befreier – sie haben gegen Hitler gekämpft. Sie haben nicht für die Juden gekämpft.«

»Nicht auch für die Humanität? Nicht für die Freiheit?«

»Du glaubst an das Gute im Menschen, ich weiß.« Ich merke, dass ich ziemlich skeptisch klinge …

»Ich wollte meine Stimme erheben, ich wollte etwas bewirken für die Menschheit.«

»Das hast du schon getan. Für die ganze Welt. Und jetzt bist du hier bei mir, alte Frau.«

Sie lächelt unter Tränen.

»Warum ist alles so sinnlos?«

»Aber es ist ja nicht sinnlos. Eins bewirkt das andere. Das Martyrium der Passagiere der Exodus hatte die Augen der Welt geöffnet. Britannien gab auf. Und im Jahr 1948 wurde im Rat der Vereinten Nationen, der Versammlung aller souveränen Völker, abgestimmt: Sollten die Juden einen Staat gründen dürfen in Palästina? 33 Stimmen dafür, 13 dagegen. Da war es beschlossene Sache.«

Anne legt den Kopf in den Nacken, schließt die Augen.

»Es gibt ihn also wirklich, den Staat der Juden. Den Staat Israel«, sagt sie ganz leise.

»Aber das mit dem Plakat habe ich immer noch nicht begriffen. Wieso hassen sie Israel so? Und wieso schreiben sie: *Against Jews?*«

»Später«, sage ich. »Später. Die Geschichte von Kielce und die von der Exodus werden dir dabei helfen.«

Sie bewegt die Schultern, als wolle sie etwas abschütteln.

»Heute Abend möchte ich noch einmal tanzen gehen«, sagt sie. »Bestimmt treffe ich Haile wieder.«

»Und dann?«

»Dann fahren wir nach Israel.«

Ihre beiläufige Mitteilung trifft mich wie ein elektrischer Schlag. Aber habe ich es nicht gewusst? Gewollt? Herbeigeführt?

»Aber wie denn?«

Sie lacht und zeigt ihre Wangengrübchen. »Illegal natürlich, wie sonst?«

»Aber du brauchst einen Pass!«

»Wirklich?«

Die halbe Nacht habe ich mir den Kopf zerbrochen, wie wir das anstellen werden, »illegal« in Israel einzureisen. Das Land gleicht einer verschlossenen Festung, und das zu Recht. Ich muss das Anne erklären. Ohne gültigen Reisepass kommt niemand hinein. Aber: Woher nehmen wir für sie einen Pass?

Ich spiele alle möglichen Varianten durch: Etwa: Ihre Handtasche mit den Dokumenten ist ihr gestohlen worden. Noch besser: Die Tasche ist in die Gracht gefallen (man möchte das Gastvolk ja nicht der Unehrlichkeit bezichtigen). Die junge Frau braucht für eine unmittelbar bevorstehende Reise zu ihren Verwandten – zu ihren nächsten Angehörigen, die sie gerade erst wiedergefunden hat; zu ihrem Großvater, der im Sterben liegt und sie noch einmal sehen möchte – dringend ein provisorisches Dokument!

Aber das ist natürlich alles Unsinn. In unserer überorganisierten Gesellschaft genügt ein Mouseklick, um die Identität eines Menschen festzustellen, bis auf wenige Ausnahmen, etwa, wenn jemand aus einem gottverlassenen Krisengebiet kommt, aber da sieht man anders aus. Meist hat man eine Hautfarbe, die der von Haile ähnelt.

Ich kann sie ja schließlich nicht auffordern, unsichtbar zu werden, ganz einmal davon abgesehen, dass sie ja gar nicht weiß, ob sie das »auf Anforderung« tun kann oder ob es ihr einfach nur zustößt. Soll ich mich mit einem

Geist in den Flieger setzen? Ein zweites Ticket kaufen, den zweiten Sitz belegen und …

Ich muss verrückt sein. Habe mich wirklich auf eine absurde Bahn begeben.

Ich will es. Aber wie soll es gehen? Mir fällt nichts ein.

Ich bin voller Unruhe. Warten ist mir schon immer schwergefallen.

Und überhaupt war das nun schon die zweite Nacht, dass sie mich allein lässt wegen des jungen Mannes. Mir gefällt das nicht. Ich glaube, ich bin eifersüchtig. So eifersüchtig wie eine Mutter, der ihre Tochter entgleitet.

Statt in meinem Zimmer zu sitzen und die Dinge auf mich zukommen zu lassen, fange ich an, Amsterdam zu durchstreifen. Gehe an die Orte, wo ich mit ihr gemeinsam gewesen bin, die Grachten, das Restaurant, gehe zur Schiffsanlegestelle, ja sogar zur Prinsengracht 263, obwohl das widersinnig ist, denn ganz gewiss will sie nicht dahin zurück. Eine Schlange von vielen Hunderten steht da und wartet auf Einlass.

Sie ist nicht hier. Sie ist auferstanden. Ich suche sie an der falschen Stelle. (Und alle anderen auch.)

Aber als ich schließlich am Kaffeehaus in der Nähe der Central Station vorüberschlurfe, mit müden Füßen inzwischen und gebeugten Schultern, trifft mich ihre Stimme, die tönende, wiedererstandene Schauspielerinnenstimme, und mir schießt die Freude wie ein warmer Strom durch den ganzen Körper.

»Corelli! Corelli, kannst du für mich bezahlen? Ich hatte ganz vergessen, dass ich ja keine von diesen Euro-Scheinen bei mir habe.«

Ganz prosaisch.

Ich trete zu ihr. Sie sitzt auf der Terrasse, nah am Wasser, und löffelt gerade den letzten Mundvoll aus einem Eisbecher – der Schale nach zu schließen von gigantischen Ausmaßen.

»Wolltest du die Zeche prellen?«, sage ich und verberge hinter einem Scherz mein Glück darüber, sie wiedergefunden zu haben, ein Glück, das mir fast Tränen in die Augen treibt.

»Ich wusste, irgendwann würdest du aufkreuzen!«, erwidert sie mit ihrer wundervollen Unbedarftheit.

Ich setze mich zu ihr, leise stöhnend, und bestelle mir ein Wasser.

Sie betrachtet mich neugierig. »Wieso bist du so erschöpft?«

»Weil ich dich gesucht habe«, entgegne ich und versenke die Nase im Wasserglas.

»Ich gehe dir schon nicht verloren!«, erklärt sie sorglos und leckt den Löffel ab. »Möchtest du auch ein Eis? Pistazie und Karamell, wundervoll!«

Ich schüttele den Kopf.

»Dann können wir uns bald um die Reise nach Israel kümmern.«

»Anne«, sage ich seufzend, »ich glaube … da gibt es Schwierigkeiten …«

»Schwierigkeiten? Was für Schwierigkeiten?« Ihre Augen werden größer.

»Du brauchst einen gültigen Reisepass. Und ich weiß nicht, wie ich dir den beschaffen soll.«

Sie lacht. »Aber den habe ich doch! Ich hab einen von diesem neuen Deutschland genommen, dem Bundes-Deutschland. Da bin ich ja auch geboren. In Frankfurt.«

Aus der Tasche ihres roten Kleids zieht sie – farblich gut passend – ein weinrotes Büchlein heraus und legt es zwischen Wasserglas und leerem Eisbecher auf den Tisch.

EUROPÄISCHE UNION, lese ich, BUNDESREPUBLIK DEUTSCHLAND REISEPASS. Und in der Mitte der Bundesadler.

Mir ist schwindlig.

»Schlag mal auf!«, fordert sie.

Es ist unfassbar.

Das klare schöne Gesicht zwischen Kind und Frau.

Der Text:

Name: *Frank*

Vornamen: *Annelies Marie*

Staatsanghörigkeit: *Deutsch*

Geschlecht: *F*

Geburtsort: *Frankfurt a.M.*

Und dann, bevor ich dazu komme, dieses Unding zu hinterfragen, fällt mir fast das Dokument aus der Hand. Denn bei Geburtstag steht: *12. Juni 1929*.

»Bist du wahnsinnig? Du hast dein richtiges Geburtsdatum angegeben?«

Sie lächelt strahlend. »Aber es stimmt doch!«

»Was diesem gefälschten Papier jeden Anstrich von Legalität nimmt, ist dieses Datum, gerade, weil es echt ist!«

»Aber ich habe jetzt einen wirklich stimmenden deutschen Pass, Corelli! Einen Pass, auf dem kein »J« aufgestempelt ist, wie bei meinen Eltern. Es ist alles richtig! Ich bin wieder aufgenommen in die Gesellschaft. Die Deutschen sind ja jetzt anders. Das hat mir Haile auch gesagt.«

»Das einzige Problem an deinem deutschen Pass ist, dass

es eine Fälschung ist, Anne! Eine Fälschung! Und dein echtes Geburtsdatum wird jeden Beamten darauf hinweisen. Es ist, wie wenn du … ein Hakenkreuz mit fünf Haken statt mit vieren zeichnest!«

Mit fiel gerade kein anderer Vergleich ein, aber ihr Gesicht verfinstert sich.

»Wie kannst du so etwas sagen!« Tränen treten ihr in die Augen.

Ich versuche, mich zu beruhigen.

»Woher hast du das Ding?«, frage ich, während sie das Büchlein ergreift und wieder in ihrer Tasche versenkt.

»Haile hat es mir besorgt.«

»Haile, wieso Haile? Ist er Fälscher von Beruf?«

Sie antwortet nicht, sieht vor sich hin. Natürlich, sie ist schwer enttäuscht von meiner Reaktion. Ist beleidigt.

Ich lege meine Hand auf die ihre. »Du musst mir das erklären. Ich verstehe das nicht. Bitte.«

Sie schnieft.

»Haile hat damit nicht so sehr viel zu tun. Aber es gibt Verwandte von ihm. Hier im Land und anderswo. Die arbeiten in dieser Branche.«

»An der Produktion gefälschter Dokumente?«

»An der illegalen Produktion von Dokumenten«, bestätigt sie.

Ist dieser junge Mann Mitglied eines Verbrechersyndikats?, schießt es mir durch den Kopf. Indessen redet sie weiter. »Er hat das aus Freundschaft für mich gemacht. Organisiert«, sagt sie und sieht mich großäugig an, hofft auf meine Bestätigung.

»So etwas kostet doch bestimmt einiges«, sage ich zurückhaltend.

Sie zuckt die Achseln. Dieser Aspekt des Lebens ist ihr völlig fremd. Als Kind hat sie sich ja auch nicht darum kümmern müssen. Das war Sache der geplagten Erwachsenen, die sich bemühten, mit dem wenigen verbliebenen Geld beschaffen zu lassen, was zum Überleben nötig war. Nun, irgendwann wird hier wohl eine Rechnung »erstellt« werden … Keine »Organisation« tut so etwas für nichts.

Doch diesen Gedanken schiebe ich erst einmal beiseite.

»Sag mir eins«, frage ich, während ich die Bedienung herbeiwinke, um zu bezahlen, »warum hast du dir keinen holländischen Pass ausstellen lassen?«

»Dann wäre es ja Betrug«, sagt sie unschuldig. »Ich bin schließlich in Frankfurt geboren. Zwar wollte ich gern Holländerin werden nach dem Krieg, aber so weit waren wir ja noch nicht, und …«

»Aber Anne! Ein Betrug ist es doch so auch!«

Sie beißt sich auf die Unterlippe. Dann rückt sie mit dem eigentlichen Grund heraus. »Wegen dieses Plakats aus Utrecht. Da wollte ich nun nicht mehr holländisch sein. Die Deutschen – die machen so etwas nicht. Das hast du mir selbst gesagt. Die sind … umerzogen worden. Die trauen sich nicht. In deiner Bildermaschine habe ich so etwas auf Deutsch nicht gefunden.«

(Ich hoffe nur, sie hat recht und die strammen Bandagen, die man der deutschen Obrigkeit angelegt hat, halten weiterhin. Dass antisemitische Sprüche im Internet strafbar sind, dafür zumindest ist zurzeit gesorgt.)

Aber mich bewegt etwas anderes.

»Mit deinem deutschen Pass«, lüge ich schamlos, »kannst du nur aus Deutschland nach Israel fliegen, legal oder illegal.« (Haile erst einmal los zu sein, ist dabei mein zugegeben finsterer Hintergedanke. Nun, da ich weiß, dass er solche zwielichtigen Verbindungen hat zu Passfälschern, ist mir seine Gegenwart noch weniger genehm als zuvor.)

»Ich habe eine Idee. Du fährst mit mir nach Frankfurt. Ich will dir deine Geburtsstadt zeigen! Eine Stadt, die für dic deutschen Juden immer eine große Bedeutung gehabt hat. Die Stadt, aus der du stammst.«

Sie runzelt die Stirn. »Aber ich war ja erst vier Jahre, als wir fort sind von da. Das hab ich dir ja erzählt. Ich erinnere mich an nichts.«

»Eben darum will ich mit dir da hin. Außerdem ist da ein großer Flughafen. Von da aus bekommen wir bestimmt einen direkten Flug nach Israel.«

(Sie kann ja nicht wissen, dass am Tag mehrere Maschinen gehen. Der Himmel möge mir den kleinen Schwindel verzeihen.)

Anne schweigt und sieht vor sich hin.

»In Frankfurt gibt es inzwischen wieder viele Juden. Ich glaube, es sind siebentausend«, sage ich lockend.

Sie sieht auf. »Und wie viele waren es, als der Krieg vorbei war?«

Ich zögere. »Hundertsechsundvierzig kamen zurück. Die hatten überlebt.«

»Ich will gar nicht wissen, wie viele es vor der Nazizeit waren«, sagt sie hastig. »Aber wenn es jetzt siebentausend sind, so haben sie Vertrauen.« Sie nickt. »Gut also. Brechen wir bald auf?«

»Sobald du willst«, sage ich, recht froh, dass ich es auf diese Weise noch eine Weile hinauszögere, mit dem falschen Pass und dem richtigen Geburtsdatum zu operieren.

Und dann kommt die nächste Überraschung auf mich zu.

Sie greift in die Tasche ihres Kleides – die scheint unergründlich zu sein – und zieht ein zierliches Mobiltelefon heraus, ein Handy, tippt eine Nummer ein.

Mit bleibt der Mund offen.

Sie steht auf, entfernt sich während des Gesprächs ein paar Schritte von mir. Ich sehe sie lachen, mit einer Hand gestikulieren, nicken. Dann beendet sie das Gespräch, steckt das Gerät in die Tasche und sieht mich triumphierend an.

»Ist das nicht wundervoll? So ein kleines Ding, man kann es überall mit sich herumtragen, braucht nicht zu irgendeiner langweiligen Telefonzelle zu laufen und Münzen reinzustecken in den Schlitz – das ist die Freiheit der neuen Zeit!«

»Woher hast du das?«, frage ich und weiß die Antwort schon im Voraus.

»Von Haile. Damit wir uns nicht verlieren.«

(Haile scheint nicht nur für die Beschaffung von gefälschten Pässen zuständig zu sein. Offenbar hat seine Verwandtschaft auch ein Depot von Handys und ähnlichen Geräten in Verwaltung.)

Man muss die Feste feiern, wie sie fallen.

»Wenn ich gewusst hätte, dass du so etwas hast, hätte ich dich vorhin anrufen können, um dich zu orten, und hätte nicht durch halb Amsterdam laufen müssen.«

Sie ist überrascht. »Ach, du hast auch so etwas?«

Ich unterdrücke mein Schmunzeln. »Das hat beinah jeder«, erwidere ich und ziehe mein Gerät aus der Tasche. »Komm, wir tauschen unsere Nummern aus. Dann sind wir jederzeit füreinander erreichbar.«

Fasziniert beobachtet sie, wie ich ihre Nummer speichere und die meine auf ihre Kontaktliste setze, auf der sich nur eine einzige Angabe befindet: offenbar die von Haile.

»Das gefällt mir.«

II

Die Züge der Niederländischen Bahn, der Nederlandse Spoorwegen, sind elegante, schnittige Gebilde mit spitzen Schnauzen in den Farben Blau und Gelb, sie sehen so blitzend sauber aus, als kämen sie gerade erst aus der Waschanlage – was vielleicht ja sogar stimmt.

Anne bewundert sie rückhaltlos.

»Keine Dampfloks! Kein Ruß und Dreck! Und so leise!«

Wir sitzen in einem komfortablen Großraumabteil; der Zug ist halb leer. Ich habe eine Tasche voller Bücher eingepackt, damit sich meine Freundin auf der Fahrt nicht langweilt, aber bislang sieht es nicht danach aus. Sie schaut aus dem Fenster und kommentiert, was sie sieht, mit Begeisterung.

Alleen und Bäche, saftige Wiesen mit Kuhherden, mal schwarzweiß, mal rehbraun, Schafe, Ziegen, Pferde, Bauerngehöfte mit Gänsen und Hühnern, der Hofhund davor...

Verständlich, ihre Faszination. Denn: Wann hat sie dergleichen zuletzt gesehen? Als sie zehn Jahre alt war, vielleicht. Dann verschwand sie, nach der Zeit im freien Amsterdam, hinter den Mauern des Hinterhauses.

Erst als wir die Grenze zu Deutschland passieren, als die

offene Weite der holländischen Landschaft abgelöst wird von der zersiedelten, in kleine Teilchen gleichsam zerfallenden deutschen, lässt ihr Interesse für das Draußen nach.

Sie winkt den gerade herbeikommenden Servicewagen herbei, wir bestellen Kaffee, und dann lehnt sich zurück, bereit zu schwatzen.

Frankfurt scheint zunächst einmal ausgeblendet, das Thema Israel beherrscht weiter ihre Gedanken. Und Haile. Damit werde ich mich abfinden müssen.

Haile, der einen Pass besorgt, Haile, der ein Handy organisiert, Haile, der auch, wie ich nun erfahre, Geschichten zu erzählen weiß.

Denn: »Haile hat gute Bekannte in Tel Aviv.«

»Er hat Juden unter seinen Bekannten?«, frage ich misstrauisch. »Ist er nicht Äthiopier?« Anne, stolz auf frisch erworbenes Wissen, erklärt mir lebhaft: »Nein, er stammt aus dem Nachbarland. Das heißt …« Sie kramt in ihrem Gedächtnis, sagt dann strahlend: »Das heißt Eritrea. Und sein Volk sind die Tigrai. Die Tigrai sind Christen. Aber in Äthiopien, da gab es Juden. Die sind jetzt in Israel. Und mit denen ist er bekannt.

Das ist eine geheimnisvolle und aufregende Sache. Es sind die Nachkommen des biblischen Königs Salomo und einer afrikanischen Königin, sie hieß Makeda. Jedenfalls behaupten sie das von sich. Sie nennen sich Beta Israel, Kinder Israels. Die Äthiopier nennen sie Falascha. Hast du noch nie davon gehört?«

Ich erinnere mich dunkel. »Gab es da nicht einmal eine Luftbrücke von Äthiopien nach Israel?«

»Eine Luftbrücke? Was ist eine Luftbrücke?«

Ja, woher soll sie das wissen. Ich mühe mich um einen

Erklärungsversuch. »Um die Versorgung einer Stadt zu sichern, die man auf dem Landweg nicht erreichen kann, oder um Menschen aus einem Krisengebiet herauszuholen, setzt man Flugzeuge ein, viele Flugzeuge, die auf der gleichen Strecke in kurzen Abständen nacheinander fliegen, sodass sie wie eine Brücke sind, auf der sich Güter oder Leute bewegen können.«

Sie begreift sofort. »Also das Gegenteil zu einem Bombergeschwader! Friedensflugzeuge!« Ihre Augen leuchten.

Jetzt fällt es mir wieder ein. »Es wird zwei oder drei Jahrzehnte her sein, als der Judenstaat so eine Luftbrücke nach Äthiopien einrichtete, um jüdische Äthiopier zu retten, glaube ich. Es gab eine Hungersnot im Land. Und man wollte ihnen verbieten, nach ihrem Glauben zu leben. Die Beta Israel hatten um Hilfe gebeten.«

»Die Flugzeuge, das waren die Boten des Himmels! So hat Haile sie genannt. Diese Juden lebten in einer Wüste, so habe ich das verstanden. Sie hatten dort ihre Synagogen und hielten die strengen Regeln ein, was man als Jude essen darf und was nicht. Diese Menschen, die kannten nichts von der Zivilisation. Kein Auto, und erst recht keinen Flieger. Aber sie wussten, dass es einen Judenstaat gab.«

»Was hat dir Haile noch erzählt?«

»Vor über hundert Jahren, hat er gesagt, hat die oberste jüdische Glaubensbehörde …«

»… das Rabbinat!«

»Ja, hat das Rabbinat sie als Juden anerkannt. Als einen verlorenen Stamm. Was ist das mit den Stämmen, Corelli?«

»Das waren die Nachkommen der Söhne des Erzvaters

Abraham aus der Bibel. Und einige der Stämme gingen verloren, welche, das habe ich vergessen.«

»Du weißt aber so viel! Ja, es war der Stamm Dan, von dem diese Beta Israel herkommen sollen. Und so hat man sie denn ins Land geholt. Mit der … wie sagtest du? Mit der Luftbrücke.«

Haile scheint erst einmal vergessen. Wobei es mich denn doch wundert, dass ein junger Mann aus Eritrea Beziehungen zu ehemaligen Äthiopiern hat. Soviel ich weiß, sind die beiden Länder »feindliche Brüder« …

Anne ist aufgesprungen, steht im Gang, ihren Kaffeebecher in Händen. Ihre Augen wirken dunkel, so groß sind ihre Pupillen. »Ich sehe es vor mir! Sie leben wie im Mittelalter, diese Beta Israel, und dann kommen die Flugzeuge. Die Menschen sterben vor Angst, meinst du nicht?«

»Ich glaube schon.«

»Ich muss so eine Geschichte schreiben. Ich denke mir ein Mädchen … nein, lieber einen Jungen. Er kann ein bisschen Englisch. Vielleicht war er mal auf einer christlichen Missionsschule. Er ist ein kluger und mutiger Junge. Er …«

Sie setzt sich wieder, stellt den Becher beiseite.

»Hast du Papier? Einen Stift?«

Ich greife in meine Tasche, ziehe das ledergebundene Büchlein hervor, in das ich mir Stichworte zu Themen notiere, wenn ich unterwegs bin. (Es ist noch nicht einmal halb voll, meistens arbeite ich gleich mit dem Laptop, ohne handschriftlichen Vorlauf.) Und einen Kugelschreiber finde ich auch.

»Genügt dir das?«

Verzückt betrachtet sie das Buch, blättert darin, streichelt die leeren Seiten.

»Was für ein wundervolles Papier das ist! Weich wie Seide! So etwas hatte ich dann gar nicht mehr, damals. Als mein Tagebuch voll war, hat mir Miep ja die alten Kontobücher aus dem Büro gebracht, da konnte ich die Rückseite vollschreiben. Das hier – das ist einfach wundervoll! Und dieser Stift, das ist aber kein Füller, nicht wahr?«

Ich erkläre es ihr.

»Gut. Du kannst ja etwas lesen, oder?« Ihre Stimme wird tiefer, gleicht noch einmal mehr der Stimme jener Schauspielerin, die sie damals verkörperte, auf der Bühne in Berlin. Ihr Gesicht nimmt den Ausdruck äußerster Konzentration an, die Stirn gerunzelt, der Blick ins Nichts gerichtet. Dann setzt sie den Stift an.

Anne Frank schreibt.

Später lese ich die Geschichte.

Die Boten des Himmels

Ich heiße Joab und hüte die Ziege. Ich kümmere mich auch um meine kleinen Geschwister, denn mein Vater ist an einer Krankheit gestorben und meine Mutter ist sehr schwach.

Wir sind in die Wüste geflohen vor der Gewalt böser Menschen und wir waren am Verschmachten. Ich wusste nicht, wie lange meine Mutter noch durchhalten würde.

Und dann geschah das Wunder.

Die Boten des Himmels kamen!

Auf ihren weißen Schwingen ließen sie sich mit großem Getöse aus den Wolken herab zu uns, die wir uns schon aufgegeben hatten.

Nun standen sie zwischen den Sanddünen, unbeweglich, glit-

zernd in der heißen Luft. So hatten wir uns die Engel Des Herrn nicht vorgestellt.

Männer in merkwürdigen gelbgrauen Gewändern entstiegen ihren Bäuchen.

Sie begannen mit uns zu reden, in einer Sprache, die entfernt an die unsere erinnerte. Wir wussten zunächst nicht, was sie wollten, aber sie brachten uns Brot und Früchte, sie brachten uns Wasser und Milch für die Kinder. Sie versicherten uns, diese Lebensmittel seien gut für uns, nach unseren Speisegesetzen. Wir aßen und tranken.

Ich hatte bei einem Missionar der Christen ein wenig Englisch gelernt und konnte mich schließlich mit ihnen verständigen und herausfinden, was sie wollten.

Und wir erfuhren: Sie wollten uns heimholen! Ins Gelobte Land. Ins Land, wo Milch und Honig fließen. Für uns alle sei dort das Haus bereitet und wüchse ein eigener Feigenbaum, in dessen Schatten wir sitzen können.

Die Boten versicherten uns auch, dass in jenem Land alle den Namen Des Herrn in unserer Weise verehren würden.

Wir weinten und lachten. Wir umarmten einander und die fremden Männer. Wir sollten gerettet sein! Auf Flügeln würden wir davongetragen!

Aber dann wurden wir aufgefordert, in die Bäuche der weißen Riesenvögel einzusteigen, die wir für Engel gehalten hatten.

Da packte uns der heilige Schrecken. Wir sollten also, wie Jona im Bauch des Walfischs, von diesen Ungetümen verschluckt werden! Vielleicht würden sie uns gar nicht wieder ausspeien, und wir müssten darin verderben und sterben?

Vielleicht war das doch keine Rettung, sondern ein Fallstrick des Bösen?

Einige wollten weglaufen. Aber weit kam keiner, wir waren zu schwach durch die lange Wanderung. Manche warfen sich zu Boden und flehten Den Ewigen um einen schnellen Tod an, ehe sie sich in den Rachen dieser Tiere begeben würden.

Unser Rabbi winkte mich zu sich heran.

»Joab«, sagte der Rabbi zu mir, »ich weiß, dass du ein mutiger junger Mann bist. Du hast schon einmal gegen einen Schakal gekämpft, um deine Herde zu schützen. Du schreckst vor nichts zurück, denn du bist stark im Glauben an den Allmächtigen. Gib du ein Beispiel für die ängstlichen Beta Israel. Steige in diesen Vogel und betrachte sein Inneres, und dann sage dem Volk, ob es gefährlich ist, sich ihm anzuvertrauen.«

Und so habe ich all meinen Mut zusammengenommen und bin die Treppe aus gleißendem Metall hinaufgestiegen und in den Bauch des Ungetüms gegangen.

Und siehe, es war gut.

Es war kein Ungetüm. Dort war es kühl, dort gab es weiche Sitze, dort konnten die Kinder in den Armen der Mütter schlafen.

Und ich kam wieder heraus, und am Eingang blieb ich stehen, breitete die Arme aus und rief: »Kommt ihr alle! Es ist kein Lug und Trug bei diesem Vogel, der ein Wunderwerk des allmächtigen Gottes zu sein scheint!

Und unser Rabbi sprach: »Er, Der Herr, holt sein Volk heim! Nun ist es so weit, nun erhört der Ewige unser Gebet: Trenn uns nicht, o Herr, von den Auserwählten, lass uns sehen, o Herr, das Licht Israels!«

Und so stiegen wir ein und flogen davon ins Land der Wunder und des Unausdenkbaren, denn was uns dort begegnen würde, das wagte keiner sich auszumalen, nicht einmal in seinen kühnsten Träumen …

»Nicht einmal in seinen kühnsten Träumen …«

Wann auch immer ich heute mein Notizbuch zur Hand nehme, nach all dem, was ich mit Anne Frank erlebte, der Mädchen-Frau, der zwischen den Zeiten Wohnenden, entdecke ich sie aufs Neue, diese kleine Geschichte. Sie steht da in Anne Franks unverkennbarer Schrift, kraftvoll, klar, die leicht nach links geneigten Buchstaben, die gleichmäßigen Abstände zwischen den Worten, nichts gestrichen, alles vorher im Kopf gestaltet.

Die Geschichte ist der Beweis dafür, dass es diese Erlebnisse gegeben hat. Mit ihr zusammen. Nicht einmal in meinen kühnsten Träumen …

Ich habe eine Zeitschrift genommen und tue so, als würde ich darin lesen, blättere auch einmal um, damit es glaubwürdig erscheint. Aber ihn Wahrheit wende ich kein Auge von ihr.

Sie arbeitet konzentriert, ohne Pause. Manchmal hebt sie die Hand, der Stift bleibt in der Schwebe überm Papier, ihr Blick gleitet erneut ins Nirgendwo.

Akkurat, als der Zugführer über Lautsprecher meldet, dass wir in wenigen Minuten Frankfurt Hauptbahnhof erreichen, beendet sie ihre Geschichte und klappt mein Büchlein zu.

»Was, wir sind schon da?«

Sie springt auf, drückt die Nase gegen die Fensterscheibe.

Dann dreht sie sich zu mir um und Verunsicherung malt sich in ihrem Gesicht.

»Aber … das kann doch nicht stimmen! Das ist doch gar nicht Deutschland! Das … das ist nicht einmal Europa! Ich hatte doch einen Bildband über die Hauptstädte der Welt. Nirgendwo gab es hier diese … Wolkenkratzer. Hast du mich durch irgendeinen Trick nach Amerika entführt?«

Ich muss lachen. »Ich habe viel weniger Tricks drauf, als du glaubst. Deine Befreiung aus der Prinsengracht war vielleicht der einzige Trick, wenn du es denn so nennen willst. Aber ich besitze keinen Fliegenden Teppich und kann niemanden – wie sagt man jetzt nach einem berühmten Buch? – teleportieren. Wir sind ganz normal mit der Bahn gereist, du hast geschrieben, ich habe gelesen, und das ist Frankfurt am Main heute.«

Sie schüttelt den Kopf, starrt wieder hinaus. »Das ist unglaublich.«

Da hat sie schon recht. Diese Skyline mit den gleich riesigen weisenden Fingern in den Himmel aufragenden Hochhäusern ist wie aus einer anderen Welt.

»Komm, wir müssen aussteigen.«

(Inzwischen reden wir denn doch Deutsch. Wo wir nun schon hier sind.)

Ich kann sie kaum vom Fenster wegziehen.

»Wozu sind diese riesigen Türme da? Wohnen da wirklich Menschen drin?«

»In den seltensten Fällen«, entgegne ich, während ich sie zur Tür bugsiere – wir sind die Letzten, die aussteigen.

»Aber wozu sind sie da?«

»Sie beherbergen Büros. Meist Büros von Leuten, die mit Geld zu tun haben.«

Sie fragt zunächst nicht nach, versteht wohl nicht ganz. Ich hab sie am Ellbogen gepackt und lotse sie durch das Menschengewühl des Bahnhofs; die Ohren gellen einem von unverständlichen Durchsagen, die Leute hasten und jagen, die meisten haben verbissene Gesichter, viele halten ihr Handy ans Ohr, und ihre Rollkoffer erzeugen ein gleichbleibendes dumpfes Geräusch auf den Bahnsteigen.

Anders als im Getümmel von Amsterdam wirkt Anne hier verunsichert, sie bewegt sich zögernd und blickt unruhig umher.

»Keine Sorge«, beruhige ich sie. »Jeder ist mit sich beschäftigt.«

»Das ist es ja! Jeder ist nur mit sich beschäftigt. Jeder sitzt irgendwie in seiner eigenen Kapsel.«

Wir kommen auf den Bahnhofsvorplatz, gehen weiter.

Die erste Hauptstraße mit rauschendem Verkehr, Auto an Auto, eine endlose Lawine von buntem Blech.

In Amsterdam haben wir uns durch das Viertel der Grachten bewegt, in verkehrsberuhigten Straßen, wo schon ein Motorrad auffällig und störend wirkt – und nun das!

Anne Frank ist stehen geblieben. »Autos«, sagt sie leise. »Und in jedem sitzen Menschen. Einer oder mehrere. Wovor sind sie auf der Flucht?«

Vielleicht vor sich selbst, möchte ich am liebsten sagen, aber verkneife es mir. Ich will sie nicht noch mehr durcheinanderbringen. Dies alles hier hat sie überwältigt – die Hochhäuser, der Bahnhof, jetzt dieser Verkehr. Aber damit muss sie fertigwerden. Die Äthiopier, die damals mit den »Boten des Himmels« nach Israel geholt wurden, hatten noch nie eine Rolltreppe oder ein Telefon gesehen, sie benutzten die Toilette als Hühnerstall und machten auf dem Dielenboden ihrer Unterkünfte ein Feuer an, um ihr Essen zu kochen.

Diese junge Frau hier ist ein Kind des technischen Zeitalters. Sicher gab es vor dem Krieg nicht diese Art hektischen Verkehrs und Autos waren selten, aber immerhin. Sie muss nur mit den Auswüchsen der Moderne vertraut werden und darf sich nicht erschrecken lassen.

»Sie sind nicht auf der Flucht«, sage ich. »Sie haben nur Gründe, von einem Punkt zum anderen zu reisen. Sie sind gern – mobil. Die Welt rückt dichter zusammen, wenn man schnell von einem Punkt zum anderen kommt.«

»Aber macht es denn Spaß, so zu fahren, im Schwarm wie die Fische im Wasser? Haben die keine Angst, mit den anderen zusammenzustoßen? Und wenn einer stehen bleibt – dann müssen sie doch alle stehen bleiben, oder?«

»Das nennt man dann Stau«, sage ich, ohne näher darauf einzugehen. »Du musst wissen, es gibt ein ausgeklügeltes System von Regeln, Verkehrsregeln, an die man sich halten muss. Es geht eigentlich ganz gut, wenn die Fahrer vernünftig sind. So wie alles ganz gut geht, wenn die Leute vernünftig sind. Und wenn man einmal in so einem Blechding drin sitzt, kann es auch richtig Spaß machen.«

»Tatsächlich? Ich kann mich nicht daran erinnern. Wir sind nach Holland zwar mit dem Auto gekommen, aber ich glaube, ich habe geschlafen«, sagt sie zweifelnd. »Also ein Fahrrad ist mir lieber. Wenn einem der Wind um die Ohren pfeift …«

Ja, vielleicht kann ich ihr zu einem Fahrrad verhelfen. Ich rufe in meinem Kopf den Stadtplan ab. Es ist doch gar nicht weit bis zum Main! Dort ist es ruhiger, und wir können atmen und können über das reden, was hier, in dieser Metropole, neu für sie ist.

»Lass uns zum Fluss gehen, komm ins Freie!«, schlage ich

vor. »Da können wir für dich sicher auch ein Fahrrad besorgen.«

»Besorgen?« Sie sieht mich an und die Grübchen erscheinen in ihren Wangen. »Meinst du klauen? In Holland war das ein Volkssport.«

»Man kann Räder ausleihen!«, erkläre ich ihr. »Das ist in großen Städten so.«

Sie nickt, ungläubig und begeistert zugleich. Und: »Wo geht's zu dem Fluss?«

»Hier über die Straße und dann nach rechts«, erkläre ich.

»Aber – wie kommt man über diese Straße? Das ist doch eine ununterbrochene Kette von Autos!«

»Da vorn ist eine Ampel«, erinnere ich mich.

»Eine Ampel? Du meinst, Lichtsignale, die den Verkehr regeln? Pim hat es mir erzählt. So etwas gab es schon in Paris, und ich glaube, auch in Berlin an bestimmten Stellen!«

»Heutzutage gibt's die an jeder Straßenecke!«, erkläre ich. »Sonst würde Chaos herrschen.«

Wir gehen am rauschenden Strom der Fahrzeuge entlang bis zur nächsten Ampel.

»Und nun?«

»Du musst nur auf diesen Knopf drücken. Dann bringst du die Wagen zum Anhalten.«

»Unglaublich!«

Ich hätte es wissen müssen. Ich hätte nach der Sache mit dem Radfahrer in Amsterdam vorgewarnt sein müssen. Es ihr genauer erklären müssen.

Sie drückt auf den Knopf – und geht los.

Niemand bremst. Nicht einmal das. Sie fahren einfach weiter.

Nur ich stehe da, sozusagen auf der anderen Seite des Totenflusses, den keiner überqueren kann, halte mir die Augen zu und schreie.

Dann höre ich das Geräusch von quietschenden Bremsen und Motoren, die heruntergefahren werden, und öffne vorsichtig die Augen.

Ich hab Grün. Rechts und links warten die Fahrzeuge darauf, dass ich die Kreuzung passiere.

Anne steht auf der anderen Straßenseite und winkt mir zu.

Mir ist schlecht.

Mit wankenden Knien überquere ich die Fahrbahn.

Hoffentlich muss mir das nicht noch häufiger zustoßen. Das halte ich nicht aus.

»Ja, wo bleibst du denn, Corelli?«

»Entschuldige. Ich habe leider nicht deine Fähigkeit.« Ich bin außer Atem.

»Bitte«, sage ich. »Ich möchte davon ausgehen, dass du jemand bist wie ich. Wie wir alle. Dass du 85 bist und trotzdem 17, das reicht doch als … Paradox.« (Um ein Haar hätte ich »Wunder« gesagt.) »Verunsichere mich nicht durch so etwas. Der Knopf, den du gedrückt hast, bewirkt, dass die Automatik der Ampel *nach einer gewissen Zeit!* zunächst auf Gelb umspringt und den Fahrzeugen damit signalisiert, dass sie bald anhalten müssen. Dann springt sie um auf Rot und bringt die gehorsamen Autos zum Stehen. Danach – wohlgemerkt, danach! – kommt das grüne Signal für die Fußgänger. Dann kann man losgehen.«

»Ach so«, sagt sie. Weiter nichts. Sie sieht mich von der Seite an, ein bisschen schuldbewusst vielleicht, aber nicht allzu sehr. Wir gehen die Stichstraße entlang, die zum Main führt. Ins Freie eben. –

»Wie wunderschön das ist!«, sagt Anne Frank. Erhitzt ist sie von ihrem Fahrradausflug zurückgekehrt. Das Bike liegt neben ihr im Gras.

»Von hier aus gesehen, von hier aus, wo man atmen kann und die Weite spürt, ist diese Stadt, sind die Häuser wie aus einem Märchen. Amsterdam ist eng. Dies hier ist eng und weit zugleich«, sagt sie träumerisch.

Sie sitzt, die Beine angezogen unterm Rock, neben mir am Main. Am anderen Ufer vor uns die malerische Silhouette der Hochhäuser. Die Sonne scheint uns ins Gesicht.

Anne blinzelt.

»Wusstest du, dass sie mir unbedingt eine Brille verpassen wollten, da im Hinterhaus in Amsterdam? Ich bin kurzsichtig, sagten sie.« Sie kichert. »Zum Glück hat sich niemand mit mir rausgetraut zu einem Optiker. Brille würde mir nicht stehen. Meiner Schwester hat sie gestanden. Margot trug immer ihre Brille. Und ich sehe schließlich alles. Schöne neue Welt!«

Sie zitiert, unbewusst, nehme ich an, Shakespeares »Sturm«. Auch da findet ein junges Mädchen, wie sie, ein zuvor unbekanntes Dasein schön. Aber Anne weiß nicht, dass ein SF-Autor dies Zitat als Titel eines Buches benutzt hat, in dem eine Welt dargestellt wird, die alles andere als schön ist, sondern in der die Menschen einander bespitzeln und gegenseitig überwachen.

»Der Main, dieser Strom, den die Zeit nicht verändert. Und das Neue. Was du mir erklärt hast. Also diese Wolkenkratzer« (sie benutzt weiter das altmodische Wort), in denen viele Tausende jener Dinge stehen, wie du eins hast, dieser Computer, nicht wahr, und die weben ein Netz um den ganzen Erdball. Ein Netz der Verständigung. Handel und Wandel.« So ihre Deutung. »Auch Banken?«

»Ja, vor allem Banken«, bestätige ich. »Diese Stadt war schließlich seit vielen Jahrhunderten der Sitz von bedeutenden Bankhäusern. Deine Familie, die Franks, waren hier auch seit dem 16. Jahrhundert als Kaufleute ansässig.«

»Seit dem 16. Jahrhundert?« Sie reißt die Augen auf. »Das wusste ich nicht.«

»Bestimmt waren deine Vorfahren auch mit der Familie Rothschild bekannt.«

»Rothschild?« Sie lacht. »Bevor wir ins Versteck gingen, war das eine Redensart von Pim, also von Papa, wenn Margot oder ich ihn um etwas anbettelten, was ihm unerschwinglich schien, dann sagte er immer: ›Bin ich Rothschild?‹ Das muss ein extrem reicher Mann gewesen sein.«

»Eine Familie«, verbessere ich. »Es waren fünf Brüder. Wie die Finger einer Hand. Sie hielten als Bankiers mit ihrem Reichtum, ihrer Klugheit und ihrer Schnelligkeit alles im Griff. Keiner konnte sich mit ihnen messen.«

»Juden?«

»Ja, Juden. Und sie operierten in ganze Europa.«

»Wann war das?«

»Im 19. Jahrhundert.«

»Und wo saßen sie?«

»Einer in Frankreich, einer in Italien, einer in England, einer in Wien und einer hier. Soviel ich weiß, steht sein Haus noch.«

»Hier in Frankfurt?«

Ich nicke.

Sie springt auf, packt das Rad. »Da will ich hin!«

»Bitte, fahr mir nicht davon!«

»Nein«, sagt sie begütigend. »Ich schiebe. Und du erzählst mir unterwegs mehr über diese Familie, mit der meine Vorfahren vielleicht bekannt waren!«

An einem Kiosk habe ich einen Stadtplan erstanden, aus dem ich ersehe, dass der Rothschild-Palast inzwischen das Jüdische Museum beherbergt. Aber das verschweige ich ihr vorerst. Sie ist damit beschäftigt, vom Stand nebenan einen Döner und eine Coke zu erstehen (die ich bezahle) und diese ungeahnten neuen Geschmacksreize, untermalt mit Ausrufen des Entzückens, zu genießen. Exotik pur für sie!

Dann gehen wir, sie ihr Rad brav an der Hand führend, ich mit dem Stadtplan, durch die Straßen, und ich erzähle ihr von den Rothschilds, wie sie es wünscht.

»Woher kam das viele Geld?« Natürlich, diese Frage muss gestellt werden.

»Der Vater der fünf Brüder hat den Grundstein gelegt. Er hatte jenes Gespür für Geld und Profit, das die Juden im Lauf der Jahrhunderte ganz selbstverständlich erworben haben. Schließlich waren diese Geschäfte fast die einzigen, die sie betreiben konnten. Als Handwerker durften sie im Mittelalter nicht arbeiten.«

»Das wusste ich nicht«, sagt sie.

»Du weißt eine ganze Menge über die Juden nicht!«, sage ich und berühre beschwichtigend ihren Arm. »Sie durften Handel treiben, Ärzte sein und Geld verleihen oder besorgen, besonders für fürstliche Herren. Der Vater der Brüder versorgte Herzöge und Könige mit seltenen Münzen und wurde reich damit. Den Reichtum zu vermehren, war dann Sache der Söhne.

Ich muss dir vielleicht erzählen, was damals, nach der Französischen Revolution, in Europa passierte.«

Sie unterbricht mich, beinah ärgerlich. »Ich habe viele Geschichtsbücher gelesen. Du musst mir so etwas nicht erklären. Die napoleonischen Kriege, die Irrungen und Wirrungen in Europa.«

»Ja. Diese Verhältnisse nutzten die cleveren Brüder aus.«

»Sie waren – Kriegsgewinnler?«

»Anne, ganz im Gegenteil! Sie brauchten für ihre Arbeit offene Grenzen, gute Beziehungen zwischen den Ländern. Sie investierten nicht in Kriege, sondern in Eisenbahnlinien, in den Ausbau der Industrie, der eine gab der englischen Krone einen gewaltigen Kredit für den Ausbau des Suezkanals, denn das bedeutete, den Handelsweg zwischen Asien und Europa zu verkürzen. Sie waren in ihren Geschäften nur schneller als die anderen, ihnen immer um einen Schritt voraus.

Es gibt eine hübsche Geschichte darüber. Die Mutter der fünf, Gutle Rothschild, die immerhin 96 Jahre alt wurde – mehr als 10 Jahre älter als du« –, (sie kichert) »hatte Besuch von Frankfurter Damen, die wollten gern von ihr etwas über die weltpolitische Lage erfahren. Ob es einen Krieg gäbe. Schließlich waren die Rothschilds in ganz Europa zu Hause. Die alte Dame lehnte es strikt ab, über Politik zu reden. Aber in diesem Fall sagte sie spöttisch: ›Machen Sie sich keine Sorgen. Es gibt keinen Krieg. Meine Söhne geben kein Geld dafür her.‹«

Anne bleibt stehen. Sie bricht in Gelächter aus.

»Das ist großartig! Einmalig! Die Familie hat den Frieden befördert in Europa! Sie war für die Völker… Helfer, treibende Kraft!«

Ich nicke bestätigend. »Und nicht nur sie! Es gab viele andere eingesessene jüdische Clans, die ähnlich handelten!«

Sie strahlt. »Wenn ich diese Geschichte schon gekannt hätte, als ich mit Kitty plauderte, da hätte ich vielleicht ganz anders geschrieben. Ich habe mich damals gefragt, ob wir nicht einmal von Verdammten zu Vorbildern werden könnten. Dabei waren wir es ja längst! Nicht über unsere Leiden sollten wir klagen, sondern unseren Kopf hoch tragen!« Wir gehen wieder voran.

»Wenn ich denke, dass meine Familie vielleicht mit diesen tollen Menschen zu tun hatte! Schon das macht mich ganz euphorisch!«

»Deine Familie, das waren bestimmt auch sehr ehrbare und erfindungsreiche Kaufleute.«

»Erfindungsreich, ja, auch mein Vater bei dem, was er herstellte, mit Marmeladen und Gewürzen – na, ich weiß, jetzt mache ich mich lächerlich, wie kann ich diese Fabrik in Amsterdam mit den Geschäften der Rothschilds vergleichen…«

Sie plappert mit strahlenden Augen. Die Coke, deren letzte Reste sie jetzt gerade trinkt, hat sicher dazu beigetragen, ihr Temperament so zu beflügeln.

»Du, Corelli, da kommt mir ein Gedanke! Ja, so muss es sein. Diese Rothschilds, die haben ein Netz über die halbe Welt gespannt, das Netz ihrer Geschäftsverbindungen. Und die Heutigen an ihren Computern, da in ihren hohen Wolkenkratzern, die spannen doch auch ein weltweites Netz, wie du sagst. Sind sie da nicht die legitimen Erben der Rothschilds, Wohltäter und Friedensbewahrer?«

»Wenn du das so sehen willst?«, sage ich zögernd. Welche Machenschaften in den Banktürmen da zum Teil gesponnen werden, das will ich ihr lieber verschweigen und ersparen.

Wir biegen in die Judengasse ein. So heißt sie heute. Ob sie früher auch so hieß, weiß ich nicht. Jedenfalls, da steht das Palais Rothschild. Es ist – ich weiß es ja schon – das Jüdische Museum.

Meine Freundin bleibt abrupt stehen.

»Oh!« Das imponierende weiße Gebäude, diese Fassade – ein halber Straßenzug. Einer der Nachfahren hat es errichtet.

»Sie haben ein Museum daraus gemacht«, sagt sie still. Mir scheint, sie verblasst irgendwie. »Ein Museum.«

Das habe ich befürchtet.

»Was ist dagegen einzuwenden?«, frage ich und spiele die Verwunderte. »Ich dachte, dir eine freudige Überraschung zu bereiten …«

»Ja, aber ein Museum …« Anne sucht nach Worten. »Ein Museum bewahrt doch nur auf, was vorbei ist! Was es nicht mehr gibt! Wie … wie mein Museum! Ein Museum, das ist so etwas wie ein Zoo. Das Vorzeigen von dem, was vom Aussterben bedroht ist! Juden als seltene Tiere, ist es nicht so?« Ihre Hände umklammern den Lenker des Rads.

»Nun hör aber auf!«, sage ich erschrocken. »Hab ich dir nicht gesagt, dass hier in Frankfurt siebentausend Juden leben? Juden, die zurückgekommen sind und die sich hier wohlfühlen? Anne, wenn es hier ein Museum gibt, dann nur, um zu zeigen, über wie viele Jahrhunderte und wie prägend das Judentum in dieser Stadt vorhanden war! Versteh doch!«

»Ein Museum ist wie ein Grab«, sagt sie eigensinnig.

Ich widerspreche und gebe ihr Recht zugleich. »Ein Museum kann zu einem Grab werden, wenn es leer wirkt. Aber es bewahrt all das auf, was von denen, die nicht mehr da sind, des Erinnerns wert ist, eine Festung gegen das Vergessen.«

»Und?«, sagt sie, weiter aufmüpfig. »Wer wird in dieses Jüdische Museum gehen? Die vielen Juden etwa, von denen du mir erzählt hast – die nun wieder in dieser Stadt leben? Die sehe ich hier eigentlich nicht. Die anderen werden hingehen. Genau wie in das Haus in der Prinsengracht. Aus Neugier, was von denen übrig geblieben ist, die sie umgebracht haben.«

Ich habe sie noch nie so aufgeregt, so zornig gesehen.

»Von denen, die sie umgebracht haben oder zumindest nicht verhindert haben, dass sie umgebracht wurden«, entgegne ich, »ist jetzt wohl auch nur noch eine verschwindend kleine Menge am Leben. Es sind deren Enkel und Urenkel, die ins Museum gehen, und sie haben keine Schuld. Wenn sie hierher kommen, dann um ohne Vorurteile etwas zu erfahren über das Leben und die Taten der einstigen Mitbürger.«

Sie sieht mich an, nachdenklich. »Wahrscheinlich hast du recht. Aber ich gehe trotzdem nicht hinein.«

Ich verstehe ihren Eigensinn. Aber ich habe noch eine Geschichte für sie, die sie vielleicht umstimmen wird und ihre Neugier wecken.

»Demnächst wird es hier in Frankfurt noch etwas geben.

Und da würdest du hineingehen«, sage ich. »Aber erst im folgenden Jahr.«

»Du machst mich neugierig.«

»Dinge aus dem Nachlass deiner Familie, der Franks, über Jahrhunderte. Alles, was aufbewahrt wird. Es war bisher in Basel, in der Schweiz. Nun kommt es hierher nach Frankfurt.«

»Ich verstehe nicht.«

»Es gibt einen Zweig deiner Familie in der Schweiz. Da ist ein Cousin von dir. Buddy Elias. Er hat alle möglichen Schätze gesammelt und aufbewahrt. Gemälde und Fotografien, Familienbriefe, Dokumente und vor allem wunderbare Gegenstände, Porzellan und geschliffene Gläser, Vasen, Uhren, sogar Schmuck. Alles das Zeugnisse deiner Vorfahren, der Franks aus Frankfurt.« Mit Nachdruck setze ich hinzu: »Ein Museum.«

Sie wiederholt Bruchstücke von dem, was ich ihr erzählt habe, als müsse sie es auswendig lernen: »Ein Cousin … Briefe und Dokumente … Gegenstände … Zeugnisse der Familie Frank …« Und dann: »Und warum erst im nächsten Jahr?«

»Da muss noch gebaut werden«, erwidere ich. »Ein angemessener Ort muss geschaffen werden, wo man alles zeigen kann.«

Anne senkt den Kopf, und ich glaube fast, sie kämpft mit den Tränen.

»Fünfundachtzig Jahre! Und dann das eine Jahr zu früh hier zu sein und dies nicht zu sehen!«

Ich merke, dass für sie auf einmal diese Art »Museum« eine ungeheure Bedeutung hätte.

»Ich könnte darin herumgehen«, sagt sie. »Ich würde dazugehören. Es hätte ein Spaß sein können und ich hätte mein Tagebuch zu diesem Familien-Fundus legen können.«

»Dein Tagebuch liegt in der Prinsengracht«, erwidere ich.

»Ja. Aber da liegt es nicht freiwillig! So wenig wie ich da freiwillig sein wollte. Das war ein Kerker! Ein Zwangsaufenthalt! Hier aber, in dem Familien-Fundus, könnte ich kommen und gehen, erkannt oder unerkannt.«

»Aber das kannst du doch auch im nächsten Jahr noch tun!«, entgegne ich. »Wenn alles fertig ist.«

Sie sieht mich mit runden Augen an. »Warum sollte ich zweimal an den gleichen Ort kommen? Wer weiß, wo ich in einem Jahr bin!«

In einem Jahr … Mich überläuft ein Schauer. Was für eine Zukunft hat dieser unser »Ausflug«? Wie wird es weitergehen, und was hat sie vor?

Schnell verdränge ich diesen Gedanken, wische ihn fort. Mache ihr ein Angebot.

»Wenn du willst, kann ich dir etwas zeigen über diesen Fundus«, sage ich. »Auf meiner Maschine da.« Ich hebe meine Tasche mit dem PC hoch.

Sie runzelt die Brauen. »Das Letzte, was ich auf dem Ding entdeckt hatte, das hat mir gar nicht gefallen.« Natürlich spielt sie auf das dumme antisemitische Plakat an.

»Man muss das nicht dem Zufall überlassen, was man da sehen will!«, sage ich lachend. »Und ohne ›das Ding‹ hätte ich auch nichts gewusst von dem, was ich dir gerade erzählt habe.«

»Nachrichten wie im Radio?«

»Nachrichten wie im Radio. Und mit Bildern wie in einer Wochenschau. Eine Dokumentation.« –

Es ist schon der zweite große Eisbecher – Erdbeere und Karamell mit Sahne –, den sie verzehrt, und ich glaube, sie schmeckt gar nicht richtig, was sie isst. Ohne hinzuschauen, schaufelt sie sich Eis auf den Löffel, führt ihn zum Mund, dann zurück zum Becher. Ihre Augen sind auf den Bildschirm fixiert, wo gerade der ihr völlig unbekannte Cousin, ein alter Herr, die Regale mit den Schätzen der Familie Frank präsentiert.

Der Haushalt wohlhabender Bürgersleute: die samten ausgeschlagenen Besteckkästen mit den massiv silbernen Messern, Löffeln und Gabeln, die Tassen und Teller aus Meißner Porzellan, hauchdünne chinesische Teekannen, Batterien geschliffener Gläser, gebündelte Briefe, von wem auch immer, in Seide gebundene Notizhefte und die Gemälde – Porträts, Landschaften, Stillleben. Das zumindest ist das, was das Video offenbart. Sicher bleibt vieles noch im Verborgenen.

»Noch einmal?«, frage ich nach der dritten Wiederholung.

Sie schüttelt stumm den Kopf und ich schließe den Laptop.

Irgendwann hat sie aufgehört, ihr Eis zu essen. Nun löffelt sie schweigend das Zerschmolzene auf.

Dann lehnt sie sich zurück und verschränkt die Hände hinterm Kopf.

»So haben sie gelebt«, sagt sie versonnen. »Sie haben Reichtum und Ansehen angehäuft und sicher nicht nur für sich, sondern auch für diese Stadt. Über viele, viele Jahre. Und dann – dann fingen die Pogrome an und die Verfolgungen, und man hätte sie umgebracht, wenn sie nicht rechtzeitig weggelaufen wären.« Sie lacht auf, es ist kein fröhliches Lachen. »Eigentlich gehört das alles mir«, stellt sie fest.

»Das und die weltweiten Honorare aus dem Verkauf deines Tagebuchs«, ergänze ich trocken. »Du bist steinreich, wenn du's drauf ankommen lässt.«

»Was meinst du damit?«

»Nun, lass es uns durchspielen. Zunächst einmal muss festgestellt werden, dass du lebendig bist im bürgerlichen Sinne.«

Sie spitzt die Lippen. »Immerhin habe ich einen Pass!«

»Der würde wohl mancher Behörde rätselhaft vorkommen. Ich sehe schon ein ganzes Heer von Medizinern und Anwälten bemüht, gegen ein gutes Honorar deine Identität festzustellen – von ein paar Parapsychologen ganz zu schweigen.«

»Was sind denn das für Leute?«

»Das sind die Wissenschaftler, die sich mit dem beschäftigen, was außerhalb unseres normalen Erkenntnisvermögens liegt.«

»Ich liege außerhalb des normalen Erkenntnisvermögens?«

»So, wie du hier sitzt, schon.«

Wir sehen uns beide an und brechen in Gelächter aus.

»Du meine Güte. Ich denke, das können wir uns ersparen. Außerdem: Was sollte ich mit dem ganzen Geld machen?«

»Eine Stiftung gründen«, schlage ich vor. »Aber die gibt es schon. Die Anne-Frank-Stiftung in Basel.«

Wir müssen wieder lachen.

»Dieses Thema wäre damit erledigt«, sagt Anne und steht auf. »Komm, lass uns noch einmal zum Main runtergehen. Das ist so wunderschön da. Man fühlt sich frei. Ich muss ja auch das Rad zurückbringen.« Sie zögert. »Was ich da eben angeschaut habe, das ist fest verankert in deinem Zauberkasten? Das kann ich jederzeit wieder ansehen?«

»Jederzeit«, erwidere ich.

Wir brechen auf. –

Eine Buchhandlung auf dem Weg! Eine kleine Buchhandlung, ein Antiquariat – und es ist zu dieser Nachmittagsstunde geschlossen.

Anne drückt sich die Nase an der Schaufensterscheibe platt. Da liegen alte Bildbände mit buntem Cover, die sich wissenschaftlich geben (»Von fremden Ländern und Menschen«, »Psychoanalyse und Traumdeutung leicht gemacht«, »Die Frau comme il faut«, ein Band des großen Magazins »Die Gartenlaube«), Romane von Theodor Fontane und Gustav Freytag, alles schon ein bisschen vergilbt; daneben Paperbacks mit schwungvoller Beschriftung, Werke aus den 50er-Jahren von Autoren, die man heute schon wieder vergessen hat.

»Warum müssen die geschlossen haben?«, sagt Anne fast zornig. »Ich hätte gern das eine oder das andere schöne Buch gekauft für unsere Reise!«

Sie hat sich festgeguckt an den alten Bänden – und das ist gut so. Denn bisher unbeachtet liegt weiter hinten links in diesem Schaufenster, zwischen Werken über die Dichtkunst des Mittelalters und einer Sammlung von Volksbüchern, ein unscheinbares, schwarzweiß gebundenes Taschenbuch: Miep Gies: »Meine Zeit mit Anne Frank«. Verblasst im Background des Covers ein kindliches Porträt der Person, die hier neben mir steht.

Mir stockt fast der Atem. Ich segne die Schließzeiten dieses Antiquariats und versuche mich so vor der Scheibe zu platzieren, dass Annes Blick nicht auf diese Ecke im Fenster fällt.

Denn Miep Gies, Annes erwachsene Freundin, war jene Frau, die sie und ihre Familie im Versteck versorgte. Und in ihren Erinnerungen schildert sie eben nicht nur diese Zeit, sondern, in aller Ausführlichkeit, die Verhaftung der Versteckten und das, was dann mit ihnen geschah …

Kaum auszudenken, was passiert, wenn diese meine lebendige Anne dies Buch in die Hände bekäme und mit ihrem eigenen Tod konfrontiert würde … Ich will mir gar nicht ausmalen, was das bewirken könnte.

»Anne!«, sage ich und versuche, sie vom Schaufenster wegzuziehen, »was soll das? Mit Büchern bist du in deinem Versteck umgegangen noch und noch. Nur mit Büchern! Jetzt ist das Leben dran! Komm, wir wollen zum Mainufer!«

»Lass mich doch! Wieso hast du es so eilig?« Sie schüttelt meine Hand ab.

Ich bin kurz davor, in Panik zu geraten. Dann kommt mir der Zufall zu Hilfe.

Eine Gruppe von jungen Mädchen, kaum älter als Anne selbst, schlendert die Straße entlang. Vielleicht sind es junge Abiturientinnen, und eindeutig wollten sie diesem Antiquariat einen Besuch abstatten und stehen nun vor der verschlossenen Tür.

»Nein, ist das ärgerlich!«, sagt die eine und rüttelt sogar an der Klinke. »Der alte Zimmering wird immer eigensinniger, macht einfach, was er will, öffnet, wann er will, schließt, wann er will. Ich hatte schließlich ein Buch vorbestellt und er hat es ja bestimmt besorgt. Bloß, was nützt mir das, wenn er mal wieder zu hat!«

»Ich wollte auch etwas kaufen!«, mischt sich Anne in ihrer lebhaften Art ein. »Das ist ja wirklich jammerschade.«

»Jammerschade, ja!«, bestätigt die andere und drückt noch einmal die Klinke herunter. Vergebens.

Inzwischen haben die anderen Mädchen der Gruppe begonnen, miteinander zu tuscheln und sehen immer wieder zu Anne hin.

Schließlich sagt eine, eine Blondine mit langen Haaren: »Entschuldigung. Sie sind doch die Schauspielerin, nicht wahr?«

Anne macht runde Augen. »Schauspielerin?«, wiederholt sie.

Die Mädchen umringen sie jetzt. »Na, die, die in der amerikanischen Serie die Anne Frank gespielt hat. Wir haben sie auf Youtube gesehen.«

Anne schnappt nach Luft. »Auf was? Ich bin … ich habe …«

Ich stoße sie an. »Nicht widersprechen!«, sage ich leise.

Die Mädchen haben inzwischen wie auf Verabredung alle Zettel oder Hefte und Stifte herausgeholt. »Wir wussten gar nicht, dass Sie so perfekt deutsch sprechen! Würden Sie uns ein Autogramm geben? Bitte!«

In Annes Augen tritt ein belustigtes Funkeln. »Aber natürlich! Ist es euch recht, wenn ich mit meinem Rollennamen unterschreibe?«

»Toll! Cool! Fantastisch!«

Und Anne Frank schreibt ein knappes Dutzend Mal schwungvoll »Anne Frank«, die Mädchen verabschieden sich kichernd und überschwänglich dankend.

Als sie außer Hörweite sind, bricht Anne in stürmisches Gelächter aus.

»Jetzt haben die ein Autogramm von Anne Frank und wissen es gar nicht! Nein, ist das komisch! Wusstest du, dass ich im Film dargestellt wurde? Das ist ja … cool.«

Ich nicke, bin ein bisschen sprachlos, wie selbstverständlich sie mit dergleichen umgeht.

»Es war eine sehr gute Miniserie«, kläre ich sie auf. Und verschweige, dass diese Serie das Leben der Anne Frank bis zum bitteren Ende im KZ Bergen-Belsen darstellt …

»Übrigens, jetzt gibt es im Amsterdam auch ein Theaterstück zu sehen über dich und deine Familie.«

Anne winkt ab. »Nun ist aber Schluss!«, sagt sie energisch. »Wer bin ich denn. Hab doch bloß ein Tagebuch geschrieben.«

»Eben.« –

Das kleine Intermezzo hat zum Glück dazu beigetragen, dass ihr Interesse am Schaufenster des Antiquariats erloschen ist.

Wir ziehen weiter zum Main.

Aber dann, nun ohne Fahrrad, wechselt sie ihre Absicht.

(Ich verstehe ihre Sprunghaftigkeit, denn abgesehen davon, dass sie so viel nachzuholen hat – sie war schon zu realen Lebzeiten ein temperamentvolles, schnelles Mädchen.) Plötzlich sagt sie: »Warum suchen wir nicht den jüdischen Friedhof auf? Vielleicht finden wir dort Gräber meiner Familie?«

(Ist, ohne dass sie das Buch im Schaufenster bemerkt hat, doch irgendeine Schwingung von Vergänglichkeit und

Tod zu ihr gelangt? Wie dies Wesen beschaffen ist – ich kann es nur erahnen.)

»Möglich«, entgegne ich also. »Auf alle Fälle werden da Mitglieder der Rothschildfamilie begraben sein.«

Sie nickt. »Ob die Grabstätten wohl prunkvoll sind? Das interessiert mich sehr.« Ich konsultiere meinen Stadtplan. Es gibt mehr als einen jüdischen Friedhof hier in Frankfurt, aber der, den wir brauchen, das ist, natürlich, der älteste von allen.

Während wir uns auf den Weg machen, ist Annes Wissenshunger nicht zu bremsen. »Eins verstehe ich nicht«, sagt sie. »Wieso haben die Nazis eigentlich diese Friedhöfe nicht zerstört? Das hätte doch nahegelegen. Die Synagogen hat man angesteckt, das haben wir noch in Holland erfahren. Aber die Friedhöfe?«

»Oh doch!«, antworte ich. »Sie haben auch vor den Friedhöfen nicht haltgemacht. Nur ließ ihnen der Krieg dann keine Zeit mehr, im großen Stil zu zerstören. Ich lese hier gerade: Der Friedhof, zu dem wir jetzt gehen, ist nicht verschont geblieben. Sie hatten sogar eine Maschine aufgestellt, um die Grabsteine an Ort und Stelle zu Schotter zu verarbeiten. Bloß, sie sind dann nicht weitergekommen damit.«

Meine Begleiterin ist still geworden. Geht neben mir her ohne eine weitere Frage.

Die Mauer, an der wir entlang gehen, ist neueren Datums; sie ist aus weißem Stein und wirkt abweisend, obwohl sie nicht sehr hoch ist. Weiß und hoheitsvoll ist auch das pompöse Eingangsportal, allerdings ist es verschlossen.

Fünfzig Meter weiter ist eine kleine Eisenpforte, der jetzige Zugang zur Begräbnisstätte. Aber auch sie erweist sich als abgesperrt.

Anne steht voller Ungeduld davor. »Was nun?«

Auf einer Tafel, die seitlich angebracht ist, lese ich, dass man sich gegen Hinterlegung seines Personaldokuments den Schlüssel im Jüdischen Museum abholen kann.

»Sie sind vorsichtig!«, sage ich.

»Ja, aber wieso?« Dass sie es nicht versteht, ist klar. Ich habe ihr schließlich erklärt, dass es von Recht und Gesetz wegen keinerlei Judenhass mehr in Deutschland gibt ... Von Recht und Gesetz eben ...

Sie geht auf die Pforte zu – und dann, wieder so ein Moment des Erschreckens: Sie ist fort. Ich stehe plötzlich allein auf der Straße.

Die eiserne Pforte knirscht, öffnet sich.

»Komm doch!«, sagt sie, als sei es selbstverständlich, nicht nur durch eiserne Türen zu gehen, sondern sie auch zu öffnen. »Da ist nur ein Riegel, man kann ihn von innen aufmachen. Komm, ich schiebe ihn hinter dir wieder zu.«

Mein Herz klopft bis zum Hals. Zwischendurch vergesse ich immer mal wieder, mit wem ich da unterwegs bin ...

Um uns herum vorabendliche Stille. Ein paar Vögel, aufgeschreckt von uns, protestieren gegen unser Erscheinen und machen sich dann auf den Weg zu ihren Nestern.

Wir bewegen uns vorsichtig. Um uns ist Grün. Grün und Stein. Mehr Stein als Grün. Zwischen hohen Bäumen, deren Stämme von Efeu umklammert werden, lagern die alten Grabplatten, mürber rötlicher Stein, lagern in wildem Durcheinander, wie weggeworfen – und das sind sie ja wohl auch, jene Denkmale, die zur »Verarbeitung« vorgesehen waren und die nun entwurzelt und sinnentleert hier aufgeschichtet sind; die Nachfahren dieser Familien haben gewiss nicht überlebt.

Dahinter erhebt sich das riesige Feld unversehrter Grabmale, dicht an dicht, wie es auf jüdischen Friedhöfen Brauch ist; der Platz war bedrängt.

Anne ist stehen geblieben.

»Ich war noch nie auf einem Judenfriedhof«, sagt sie mit leiser Stimme. »Ich wusste nicht … die christlichen Friedhöfe sind so … anders. Diese Platten, diese Enge. Das Volk, das sich zusammenschließt, um es den Feinden schwerer zu machen.«

Das Bild, das ihr da eingefallen ist, beeindruckt mich. Dann fragt sie: »Was sind das für Steinchen oben auf den Grabmalen?«

»Das sind Steine des Gedenkens. Überlebende Angehörige oder einfach auch nur Besucher legen sie hin, zum Zeichen, dass die Toten nicht vergessen sind.«

»Überlebende Angehörige«, murmelt sie, und der Schein der Abendsonne färbt ihr Gesicht, sonst wäre sie wohl entsetzlich blass. Der große Schatten streift sie. Ich denke inzwischen, es war ein Fehler, ihrem Wunsch nachzukommen und hierher zu gehen.

Ich sehe mich um. Neben der Pforte, durch die wir dieses Areal betreten haben, entdecke ich eine Art Skizze, einen Lageplan, auf dem die Gräber der hier bestatteten Berühmtheiten lokalisiert sind.

»Sieh einmal hier!«, sage ich. »Hier können wir zu den Rothschild-Grabsteinen kommen. Ich denke, die Ruhestätten der reichen Leute werden auch nicht so gedrängt beieinanderstehen, man wird sich mehr Luft gönnen.« Ich lächle.

Anne atmet tief durch. »Ja, das ist gut. Ich hatte schon angefangen, mich ein bisschen zu fürchten. Soviel Tod auf einem engen Fleck. Und die Familie Frank?«

»Auf diesem Plan sehe ich nichts. Aber da sie ebenfalls wohlhabende Mitbürger waren, könnte es ja sein …«, ich stocke, und sie begreift mein Problem: »Kannst du die hebräische Schrift lesen?«

Langsam schüttele ich den Kopf. Daran habe ich noch gar nicht gedacht. Die meisten Grabsteine, vor allem die aus früherer Zeit, sind wahrscheinlich nur auf Hebräisch beschriftet. Die Chance, die Grabstelle der Familie Frank zu finden ohne kundige Anleitung, ist also recht gering.

Das Gräberfeld mit den üppigen Denkmalen der stadtbekannten Persönlichkeiten befindet sich in der Nähe der Friedhofsmauer, und natürlich ist hier »mehr Luft«.

Jetzt wird es prunkvoll. Hohe Marmormonumente künden vom Stolz und Reichtum dieser ehrenwerten Handels- und Bankiershäuser, vom Ansehen und der Ehre, die man einem berühmten Rabbi oder Gelehrten entgegenbrachte.

Die Rothschild-Gräber mit ihren kuppelartigen Aufsätzen finden wir mühelos; die jüdische Gemeinde hat sie in weiser Voraussicht, dass diese Stätten Anziehungspunkte für die Besucher sein könnten, mit Hinweisschildern in Deutsch versehen, ebenso die anderen Berühmtheiten, die Anne ganz gewiss nicht kennt, wie Bertha Pappenheim, eine bekannte Frauenrechtlerin, oder mehrere Nobelpreisträger.

Wir stehen gerade an einem hohen Grabmonument, das eine fast unlesbare zweite Inschrift in Deutsch enthält, und sind bemüht, sie zu entziffern, als da plötzlich ein merkwürdiges Geräusch ist.

Ein dumpfer Aufschlag, ein Fiepen, ein Jaulen. Gleich darauf eine grobe männliche Stimme: »Hab dich nicht so,

Devil, einen kleinen Puff wirst du doch wohl vertragen. Auf!«

Das Tier jammert und als Nächstes – mir bleibt die Luft weg – springt ein Mensch über die Mauer. Nicht bloß einer. Mindestens drei. Schritte.

Dann ein Lachen. »So, das war ja ein Kinderspiel.«

»Was ist denn da los?«, fragt Anne. Ich kann sie nur mit Mühe zurückhalten, auf die Jungen zuzugehen.

Das Tier wimmert immer noch leise.

Die, die da über die Mauer eingedrungen sind, gehen an unserem Monument, das nun unser Versteck ist, vorbei, unbekümmert, sie wähnen sich allein hier.

Mit rasendem Herzen sehe ich aus dem Augenwinkel Männerbeine in Schnürstiefeln und einen hinkenden Hund mit einem riesigen Maulkorb und einem Stachelhalsband. Was die vorhaben, ist mir sehr klar. Anne natürlich überhaupt nicht.

»Was machen die mit dem Tier hier auf dem Friedhof? Und warum haben sie den Hund über die Mauer geschmissen?«

Ihr Instinkt hat ihr geraten, zu flüstern.

Weil der nicht fliegen und nicht klettern kann, denke ich grimmig. »Anne, die haben nichts Gutes vor. Lass uns sehen, dass wir fortkommen.«

Sie schüttelt energisch den Kopf. »Ich will das wissen. Sind das …«, sie benutzt ein altmodisches Wort, »Bösewichter?«

»Das sind dumme Jungs«, erwidere ich, »dumm und gefährlich. Lass uns abhauen!«

Ich zerre an ihrer Hand, aber sie macht sich los.

»Ich will wissen, was die machen.«

Sie bewegt sich ein paar Schritte weiter auf die Gruppe zu. Die sind in der Nähe stehen geblieben, bei ein paar besonders imponierenden Grabsteinen. Sie sind so mit sich und ihrem Tun beschäftigt, dass sie für nichts sonst ein Auge haben. Die Schnapsflasche in der Hand des einen gehört dazu. Sie trinken daraus reihum, in großen Schlucken

»So, dann wollen wir mal!« Gelächter.

Ich höre das Klicken von Spraydosen, die aufgeschüttelt werden. Das habe ich geahnt. Nur, was der Hund dabei soll …

In brutalem Schwarz tauchen die Hakenkreuze auf den Grabsteinen auf. Drei, vier, fünf.

Ein besonders Begabter sprüht auf eine freie Fläche: Judensau, gut, dass du verreckt bist.

Anne stöhnt auf, eigentlich unüberhörbar. Aber die sind so mit Lachen und Abklatschen und Auf-die-Schulter-Klopfen beschäftigt, dass sie immer noch nichts anderes mitbekommen.

»So, Devil, jetzt bist du dran.«

Einer lockt den Hund an einen der Steine. »Los, Pissen. Erst du, dann wir.«

Das Tier hebt gehorsam das Bein.

»Braver Hund!«

Mir verschlägt es den Atem. Anne Frank ist wie ein roter Blitz zwischen diesen Gestalten.

»Nazi-Schweine!«, schreit sie. »Wir werden euch den Behörden melden!«

Der Überraschungseffekt ist geglückt. Die drei Kerle stehen zunächst wie erstarrt und der Hund knurrt.

»Was willst du denn hier, Tussi? Mach dich vom Acker!«, brummt schließlich der eine, sichtlich verunsichert. Er hebt seine Spraydose. »Oder soll ich dich ein bisschen taggen?«

Sie wirft den Kopf zurück. »Was soll das denn sein?«

Tatsächlich, er sprüht. Wenn auch nicht ins Gesicht, so doch auf den Körper, den Hals, die Arme. Aber Anne ist gerade einmal wieder nicht mehr da. Die Farbladung geht durch sie hindurch wie ein Messer durch Butter.

Sie lacht. »Daneben, du Scheusal!« (Wieder so ein Wort von einst.) Und ich stehe da, außerhalb des Geschehens, unbeachtet, und zittere.

»Was war denn das? Kannst du nicht mehr abdrücken, Mann?«, hetzt einer der beiden anderen.

»Keine Ahnung. Warte, der werden wir's geben.« Der dritte befreit den Hund vom Maulkorb. »Fass, Devil! Fass die Alte!«

»Ich liebe Tiere!«, erklärt Anne seelenruhig. »Hatte selbst eine Katze. Mortje hieß die.«

Sie hockt sich hin, sieht dem Hund entgegen. Die Hände offen.

Ich beiße mir auf die Lippen. Mir ist übel vor Angst.

Und dann das zweite Wunder.

Der Hund hinkt auf sie zu, das Fell gesträubt, die Zähne gefletscht. Dann bleibt er wie angewurzelt stehen, stemmt die Pfoten gegen den Boden, winselt.

»Komm!«, lockt Anne.

Das Tier nähert sich und schmiegt seinen großen Kopf in ihre ausgebreiteten Hände.

Sie sind abgehauen, nachdem sie noch einmal versucht haben, dies Wesen im roten Kleid zu »taggen«, das heißt, mit Farbe zu besprühen, und wieder vergeblich. Ab über die

Mauer. Was ist das? Was haben sie da gesehen? Hat ihnen der Alkohol einen Streich gespielt? Jedenfalls, das Mädchen ist ihnen unheimlich. Sie haben es mit der Angst zu tun bekommen.

Den Hund haben sie dagelassen.

Und ich, Feigling, der ich bin, nähere mich erst jetzt wieder dieser Frau aus der anderen Welt, die zu mir gekommen ist, und unterdrücke mühsam mein Zittern.

Sie streichelt noch immer das Tier, das sich an sie drückt, und sieht zu mir auf, als sei es selbstverständlich, dass ich mich nicht eingemischt habe, und sagt: »Du musst jetzt dein kleines Telefon rausholen und ganz schnell irgendwo anrufen. Damit sie bei der Polizei wissen, was hier passiert ist.«

»Aber wir können es doch gar nicht wissen. Wir dürfen doch gar nicht hier sein.«

»Sag, du hast gesehen, wie welche über die Mauer gestiegen sind. Gerade erst. Damit die Grabstätten hier wieder sauber gemacht werden. Die kriegen sie sowieso nicht. Die sind über alle Berge. Aber sag nichts von dem Hund. Den behalten wir.«

Auch das noch. –

Das abendliche Mainufer ist schön erleuchtet, Paare promenieren eng umschlungen, Rentner führen ihre Hunde aus.

Apropos Hunde: Der »Friedhofs-Hund« folgt Anne wie ein Schatten, ohne Leine und Halsband – das Stachelding hat sie dem Tier abgemacht und in den nächsten Papierkorb geworfen. Außerdem heißt das Tier nun nicht mehr Devil, das fehlte noch. Eingedenk ihrer Lateinkenntnisse hat sie es Renatus benannt, der Wiedergeborene. Abgekürzt zu Renus.

Wir sitzen auf einer von den Bänken an der Promenade, der Hund zu unseren Füßen. Anne Frank, vornübergebeugt, die Schläfen in die Hände gepresst – nun, nachdem das vorbei ist, die »Begegnung« auf dem Friedhof, dieser Exzess, ist ihre Coolness verschwunden, sie ist aufgewühlt und kaputt.

»Du hast es mir anders erklärt«, sagt sie mit verschleierter Stimme, die trotzdem noch die Stimme jener Schauspielerin ist. »Du hast mir gesagt, das ist alles vorbei. Es gibt eine gute Regierung, hast du mir versichert, die darauf achtet, dass es keine solche … Ausschreitungen mehr gibt. Dass die Juden nicht verfolgt werden.«

»Aber ich hab dir nichts vorgemacht!«, sage ich eindringlich. »Leute wie diese dummen Jungs werden bestraft, glaub mir. Dies Land hätte seine geachtete Stellung in der Welt nicht wiedererlangen können, wenn es sich nicht von Grund auf gewandelt hätte.«

Ich höre mir selbst zu und habe das Gefühl, dass meine Worte, obwohl sie der Wahrheit entsprechen, hohl und leer klingen.

Anne wiegt sich hin und her. »Siebzig Jahre sind vergangen«, sagt sie leise, klagend. »Siebzig Jahre, seitdem die Völker diesen Hitler besiegt haben. Und nach siebzig Jahren gibt es wieder Leute, die nicht begreifen, dass es Unrecht war damals? Wie ist das denn möglich? Diese Jungen – das sind doch Kinder! Jemand muss es ihnen doch beigebracht haben, Hakenkreuze auf Judengräber zu schmieren und – den Hund darauf pissen zu lassen …«

Sie krault Devil, nein, Renus zärtlich an den Schlappohren. Der Hund grunzt vor Wonne.

»Du musst es mir wieder und wieder erklären!«, fordert sie. »Auf der einen Seite hast du mir von den Rothschilds erzählt. Davon, wie viel Gutes sie und andere Juden für die Menschen bewirkt haben, unter denen sie lebten. Dass sie sozusagen … ein Segen waren für ihre Gastvölker mit ihrem Geld und ihrer Wohltätigkeit. Und dann diese grässliche Sache in der polnischen Stadt. Mord und Totschlag. Sie kommen nach Haus und werden wieder verfolgt.

Corelli, woher kommt dieser Hass? Woher diese blinde Wut?«

Ich kann ihr Gesicht nicht sehen, sie sitzt noch immer nach vorn gebeugt, ihr dunkles Haar glänzt im Schein der Laterne in unserer Nähe.

Vorsichtig beginne ich. »Nichts ist unsterblicher als Vorurteile. Und es genügt schon, dass jemand ein bisschen anders ist als alle anderen, und er erweckt Misstrauen. Für viele Jahrhunderte waren die Juden sehr, sehr anders als die Völker, bei denen sie Asyl fanden, nachdem die Römer sie aus Palästina vertrieben hatten.«

»Die Römer? Was haben die damit zu tun?«

»Die Römer der Antike waren Besatzungsmacht im Judenland«, erkläre ich und wundere mich, dass sie, die sich doch so für Rom interessiert hat, das nicht weiß. Aber wahrscheinlich hat sie nur die positiven Seiten, nur die römische Kultur sehen wollen. »Dann gab es zwei große Aufstände der Hebräer, wie man sie damals nannte. Und als Antwort zerstörte man den jüdischen Tempel in Jerusalem und machte das Land unbewohnbar. Die Juden wurden in alle Welt zerstreut.

Fortan lebten sie unter Fremden, aber sie behielten ihre Bräuche bei. Ihre Sprache, ihre Gebete, ihren Glauben, ihre Art sich zu kleiden und was man essen durfte und was nicht. Das erschien verdächtig. Und dann verbreitete die Kirche die Lehre, die Juden hätten Jesus umgebracht.«

Anne hebt den Kopf ein wenig. »Aber Jesus war doch selbst ein Jude!«

»Und es waren die Römer, die ihn kreuzigen ließen!«, bestätige ich. »Aber manche Lügen haben unglaubliche Wirkung, vor allem, wenn sie schon vorhandene Vorurteile unterstützen.«

Sie bewegt heftig die Schultern. »Dieser angebliche Mord an Jesus durch die Juden, das war eine Erfindung des Mittelalters! Aber doch nicht in unserer Zeit! Die meisten Juden waren doch schon ... wie alle anderen. Meine Familie zum Beispiel, die Franks!«

»Du hast recht. Aber als die Nazis hier in Deutschland anfingen, gegen die Juden zu hetzen, hatten sie einen guten Zeitpunkt erwischt. Es war nach dem Ersten Weltkrieg. Den einfachen Menschen ging es schlecht. Man suchte nach jemandem, dem man die Schuld geben konnte an der Niederlage in diesem Krieg, der Armut, den Demütigungen. Da kamen die Juden gerade recht.«

»Das hört sich alles ganz verständlich an«, sagt Anne nach einem kurzen Schweigen, »aber es erklärt trotzdem nicht, was da heute auf dem Friedhof passiert ist. Du sagst, das sind bloß dumme Jungs. Das mag ja stimmen. Aber irgendwie müssen solche Gedanken doch in ihre dummen Gehirne hineingekommen sein. Ihre Großeltern und ihre Eltern – die haben ihnen nicht beigebracht, was gut und böse ist. Die haben ihnen nicht gesagt, dass die Nazis Mörder waren. Dass das Hakenkreuz das Zeichen für Verbrechen war. Die haben es also selbst nicht begriffen.«

»Anne, das ist eine kleine Minderheit!«

»Diese Minderheit reicht mir! Irgendwo habe ich gelesen, Dummheit und Bosheit gehen Hand in Hand. Und Vorurteile sind nicht totzukriegen. Du sagst es selbst.«

Wieder schweigen wir. Anne Frank bemüht sich um Renus, den Hund. Er hat sich auf den Rücken geworfen und lässt sich den Bauch kraulen. Schließlich sagt sie mit entschlossener Stimme: »Ich will hier fort. Ganz schnell. Hier kann man als Jüdin nicht leben.«

So ist sie. Wo andere viele Erfahrungen machen mussten, reicht ihr eine. Alles muss schnell gehen …

»Anne, allein in dieser Stadt leben über 7000 Juden, das habe ich dir doch erzählt. Das ist ein Zeichen dafür, dass sie sich hier sicher und heimisch fühlen und …«

Sie unterbricht mich hart. »Wenn denen das hier gefällt. Wenn sie glauben, dass sie Schutz genießen …« Sie zuckt die Achseln. »Sollen sie die toten Dinge aus dem Frankschen Familienbesitz hierher nach Frankfurt bringen. Sollen sie. Das ist nicht meine Welt. Ich verstehe all diejenigen, die damals nach Palästina gegangen sind. Ich will mir das ansehen. Dies Israel. Außerdem«, fügt sie hinzu, »Haile wartet da auf mich.«

Das hatte ich fast erwartet. Auch wenn der junge Mann kein Jude ist. Schließlich hat er Freunde dort, wie zu hören war. Und wenn *sie* dort ist, darf *er* nicht weit sein …

Ich bin auf einmal entsetzlich müde nach den Abenteuern dieses Tages. Was mir bevorsteht morgen, wenn ich also den Flug klarmachen soll (was bleibt mir anders?), das schiebe ich erst einmal vor mir her.

»Lass uns ein Hotel suchen«, sage ich und stehe auf.

Mit Anne zugleich erhebt sich der Hund, schüttelt sich, sieht erwartungsvoll zu ihr auf und wedelt mit dem Schwanz.

»Und was wird mit – Renus?«, frage ich.

»Den nehmen wir natürlich mit.«

»Ins Hotel?«

»Ins Hotel. Und nach Israel.«

Mir wird heiß und kalt.

Aber ich bin im Augenblick zu müde, um auf Schwierigkeiten und Probleme hinzuweisen.

Auf unserem Weg durch die abendlich belebten Straßen Frankfurts kommen wir auch an der großen Westendsynagoge vorbei. Vor der Eingangstür steht eine Wache, die MP über der Schulter.

»Da siehst du ja, was die Juden Frankfurts von ihrer Sicherheit halten,« sagt Anne grimmig.

Renus, immer noch leicht hinkend, umspringt uns beide. –

Es wird viel weniger kompliziert, als ich erwartet habe – und der Hund erweist sich unerwarteter Weise bei dieser Sache als hilfreich!

Das freundliche Mädchen hinterm Schalter der israelischen El-Al-Fluggesellschaft erklärt mir: »Selbstverständlich nehmen wir Hunde mit. Sie brauchen nur ein tierärztliches Zeugnis, das nicht älter als zehn Tage ist, einen Heimtierpass und eine Transportbox.«

(Während ich diese Dinge erfahre, geht Anne mit Renus am Mainufer spazieren.)

Ziemlich nervös suche ich sie; immer häufiger macht

sie sich selbstständig, und immer habe ich Angst, dass ihr etwas zustößt, dabei habe ich doch gesehen, wie »widerstandsfähig« sie ist.

Auf meine Neuigkeiten erwidert sie gelassen: »Gut, dann suchen wir jetzt einen Tierarzt.«

Wir haben unwahrscheinliches Glück.

Denn gleich in der ersten Praxis, die wir besuchen, ist der Hund kein Unbekannter. Der Arzt, bärtig und um die vierzig, ist ein gemütlicher Klotz von einem Mann mit randloser Brille und volltönender Bassstimme. Uns kann geholfen werden.

Und es ist nicht voll. Wir müssen kaum warten zwischen zwei Katzen und einem Papagei, der seinem Besitzer auf der Schulter hockt.

Bei unserem Eintritt in das Behandlungszimmer dröhnt der Arzt: »Ja, wen haben wir denn da? Ist das nicht der Devil?«

Der Hund wedelt freundlich, wenn auch nicht sonderlich begeistert. Vielleicht erinnert er sich an vorige Behandlungen …

»Nicht Devil«, sagt Anne bestimmt. »Renus.«

Der Tierarzt schielt uns über seinen Brillenrand hinweg an und sagt dann: »Na, das werden wir gleich haben,«

Er holt ein Gerät hervor, das ein bisschen aussieht wie ein Handy, aber mit einem Griff, und hält es an die Schulter des Hunds.

»Was macht er da?«, fragt Anne beunruhigt.

»Er prüft nach, ob das Tier einen Chip unter der Haut trägt.«

»Eine Nummer unter dem Fell?« Ihre Augen sind groß und dunkel, die Pupille vergrößert.

Ich lege ihr die Hand auf den Arm. »Anne, beruhige dich. Es geht darum, dass so ein Tier nicht sprechen kann. Wenn es verloren geht, kann man es anhand dieses Chips identifizieren und seinem Besitzer zurückbringen.«

»Na, das fehlte noch!«, sagt sie energisch. »Herr Doktor, ich will nicht, dass sie nach diesem Chip suchen bei Renus. Das ist ja Sklaverei.«

Zu spät. Der Arzt ist bereits fündig geworden.

»Also dieser Renus heißt eindeutig Devil. Er ist ein Retriever-Mischling und im Besitz der Familie Homann. Ich habe ihn drei Jahre lang behandelt.«

Er sieht Anne mit schief gelegtem Kopf an. »Wo haben Sie den Hund her, junge Frau?«

»Man hat ihn mir geschenkt«, erklärt Anne überzeugend. »Weil er verletzt ist.«

»Verletzt?«

»Haben Sie das nicht bemerkt? Er humpelt.«

Sie klingt sehr von oben herab.

Der Tierarzt tastet die Beine und Gelenke des Tiers ab, seine Reaktionen. Renus quiekt.

»Eine kleine Zerrung«, erklärt der Doktor, nichts Schlimmes. »Er muss das Bein ein bisschen schonen. Wie hat er sich das zugezogen?«

»Sie haben ihn …«, will Anne erklären, Zorn im Blick, als ich mich einmische.

»Er hat sich beim Springen verletzt«, sage ich und gebe meiner Begleiterin einen kleinen Stoß mit dem Ellbogen. Will sie diese Geschichte jetzt etwa preisgeben?

Zum Glück versteht sie.

»Ja, er hat sich versprungen!«, bestätigt sie.

»Hm«. Der Arzt bedenkt uns beide wieder mit einem

Blick über seine Brillengläser hinweg, ruft dann auf seinem Computer eine Datei auf.

»Also«, sagt er gedehnt, »er ist als Welpe richtig gut betreut worden, hat alle notwendigen Impfungen – nur im letzten Jahr hat man ihn nicht mehr vorgestellt. Ich glaube, man hat ihn weggegeben. Ich erinnere mich. Die Familie ist in eine Wohnung gezogen, wo Hundehaltung nicht erlaubt war. Da ist Devil an einen entfernten Verwandten gegeben worden. Einen jungen Mann, der ganz wild war nach einem Hund.«

Anne schnaubt durch die Nase. Sie ist wütend. Wütend über den verantwortungslosen Umgang mit dem Tier, das einfach hin- und hergestoßen wird wie eine Sache. »Ja, und dieser junge Mann …«

Wieder mische ich mich ein. »Dieser junge Mann hat meiner Freundin den Hund geschenkt. Er hatte wohl genug von der Hundehaltung.«

Der Tierarzt seufzt. »Ja, so geht es manchmal.«

Ich versuche, die Sache in die Hand zu nehmen. Anne fehlt dafür nun wirklich das Wissen und die Erfahrung. »Aber Sie haben doch die Daten von Devil sicher in Ihrem Computer, Herr Doktor. Da wir den Pass des Hundes leider nicht besitzen – könnten Sie uns eine Kopie erstellen? Und die neusten Impfungen nachholen? Wir wollen nämlich ins Ausland mit Renus, also mit Devil.«

»Ins Ausland? Da brauchen Sie auch noch ein amtsärztliches Gesundheitszeugnis, dass das Tier in den letzten zehn Tagen …«

»Bekommen wir das auch von Ihnen?«, unterbreche ich.

»So ein Zufall«, sagt er trocken. »Ich bin der Amtstierarzt.«

Anne ist ganz still geworden, während der Doktor den Papierkram erledigt und dann dem Tier noch eine Spritze, wer weiß, wogegen, verabreicht; Renus erträgt es mannhaft, ohne zu quieken.

Ich bezahle mit meiner Karte, Anne sieht mich mit erstaunten Blicken an. Dann gehen wir.

»Das hast du großartig gemacht! Ich hätte das alles nicht gekonnt«, sagt sie schließlich.

»Du warst ja auch eine Weile nicht auf der Welt«, erwidere ich scherzhaft. Sie übergeht das. Ist mit ihren Gedanken schon wieder woanders.

»Das kleine Ding, das so aussieht wie eine Visitenkarte, die du dem Doktor gegeben hast anstelle von Bargeld – ist das so etwas wie ein Scheck?«

»Man kann es so nennen. Man braucht einen Zahlencode, den man in das Lesegerät eintippt, und dann wird das, was du bezahlen musst, von deinem Konto abgezogen.«

Anne nickt gläubig. Sie ist inzwischen mit so viel unbekannten Vorgängen und Dingen konfrontiert worden, dass sie keine Fragen mehr stellt. (Andererseits sage ich mir: Wir benutzen doch ebenfalls all diese Geräte ohne das geringste Interesse, wie sie funktionieren. Hauptsache, sie tun es. Annes Verwunderung darüber ist frisch und lebendig. Wir sind nur abgestumpft und nehmen als selbstverständlich hin, was man uns vorsetzt.)

»Kann ich auch mit so einer Karte einkaufen?«

Ich muss lachen. »Du kannst mit *meiner* Karte einkaufen. Du brauchst dazu jenen Zahlencode. So was wie ein Zauberwort, das nur ich kenne. Aber dir teile ich's mit.«

Ihre Erkundigung war nicht ohne Grund.

Zielstrebig steuert sie auf ein Papierwarengeschäft zu. Es ist kein »Mac Paper«. Es ist ein schöner, alter Laden.

»Gibst du mir diese kleine Karte und sagst du mir die bewusste Nummer?«

Ich nenne ihr die Zahlenreihe. Dann warte ich vor der Tür, gemeinsam mit Renus, der, zitternd vor Anspannung, auf die Wiederkehr seines »Frauchens« hofft.

Es dauert. Doch dann erscheint sie, in der Hand eine Tüte aus braunem Leinen, und ihre Augen strahlen.

In dem Café, das wir danach aufsuchen – denn sie brennt darauf, mir ihre Schätze zu zeigen –, breitet sie auf dem kleinen Marmortischchen aus, was sie erstanden hat.

Ich sehe: Sie hat sich eine Kollektion von Notizbüchern verschiedener Größe zugelegt, die alle die gleiche typische Struktur haben: in beschichteten Karton gebunden, mit einem elastischen Gummiband, um das Buch geschlossen zu halten, und einem genähten Buchrücken, der das flache Aufschlagen des Buches ermöglicht, cremefarbenem Papier, abgerundeten Ecken, einem Leseband und einer Falttasche am Buchende, zusammengehalten durch eine Papierbanderole – die von mir ebenfalls geliebten Produkte der Mailänder Firma Moleskine. Dazu noch eine Auswahl farbiger Bögen in seidiger Qualität, einen Füllfederhalter, zierliche versilberte Stifte, die leicht in der Hand liegen, ein Mäppchen, die Schreibutensilien zu verstauen: eine ganze »Autorenwerkstatt« alten Stils, die mich, PC-Benutzerin inzwischen, fast mit Wehmut erfüllt. Ja, so hat man vor ein paar Jahrzehnten gearbeitet.

»Nun«, was sagst du?«, fragt sie triumphierend.

»Das ist wunderschön!«, lobe ich. »Aber warum hast du so viele solcher Bücher gekauft?«

»Damit ich schreiben kann! Schreiben, ohne Angst zu haben, dass ich nichts mehr habe, worauf ich meine Ideen ausbreiten soll! Schreiben nach Lust und Laune! Es ist wie ein Rausch – zu wissen, dass ich keinen Mangel leide, dass die Geschichten in meinem Kopf ungehindert ihren Platz finden werden!«

»Das verstehe ich schon. Aber du hättest diese Dinge überall in der Welt kaufen können. Du musst sie nicht …« ich benutze ein altes Wort, das sie aber bestimmt kennt: »hamstern.«

Sie legt den Kopf in den Nacken, sieht mich an, ein bisschen verärgert. »Warum sollte ich mich nicht – eindecken?«

Unser Kaffee kommt. Anne schiebt ihre Einkäufe zusammen, verstaut sie wieder in der Leinentüte. Sie schüttet jede Menge Zucker in ihre Tasse.

»Deutschland war nach dem verlorenen Krieg aufgeteilt unter die Siegermächte«, erzähle ich, »Amerikaner, Engländer, Franzosen und Russen hatten verschiedene Zonen unter sich ausgemacht, in denen sie jeweils das Sagen hatten. Irgendwann haben sich die westlichen Siegermächte mit den Russen nicht mehr vertragen. Die Russen machten die Grenzen dicht und die Ostdeutschen gründeten auf dem Gebiet der russischen Zone einen eigenen Staat.«

»Warum erzählst du mir das?«, fragt Anne unmutig. Sie verbrennt sich fast die Lippen am Kaffee. »Mich interessiert nicht, was die Deutschen gemacht haben. Ich habe genug von ihnen.«

Ich unterdrücke den leichten Schrecken, den mir ihre Bemerkung einflößt. Wohin will sie denn? Wieder zurück nach Holland? Aber wenn es uns nun wirklich gelingt, nach Israel zu kommen – wie wird es weitergehen? In welche Teile der bewohnten Welt werde ich sie noch führen müssen, dürfen, können? Mir gibt zu denken, was sie sagte. Dass sie nicht an den gleichen Ort zurückkehren will, den sie schon besucht hat …

Aber wo will sie bleiben? Nicht zum ersten Mal denke ich an ihre Zukunft.

»Entschuldige«, sage ich begütigend. »Das war ein viel zu langer Vorspruch für das, was ich eigentlich nur sagen wollte. Nämlich, dass die Menschen aus Ostdeutschland, als sie dann irgendwann in die Bundesrepublik konnten, bestimmte Obstsorten in riesigen Mengen kauften, weil es ihnen gar nicht in den Kopf wollte, dass sie das ja jeden Tag frisch bekommen konnten.«

Sie löffelt ihren Kaffee jetzt. »Ach so«, knurrt sie. »Du wolltest mir mitteilen, dass du Verständnis dafür hast, wenn jemand, der vorher Mangel leidet, zu viel – hamstert. Und dabei hast du mir gleich beiläufig ein bisschen Geschichtsunterricht erteilt. «

»Du hast es erfasst, alte Frau«, sage ich überrumpelt.

Wir sehen uns an und müssen lachen. –

In der Nacht vor unserem Flug nach Israel tue ich kein Auge zu.

Meine Sorge gilt Annes gefälschtem Pass, und natürlich unter dem Aspekt ihres »realen« Geburtsdatums. So etwas kann doch gar nicht gut gehen!

Aber vielleicht glückt es ja doch. Und wenn nicht – Wird man uns einfach nur zurückweisen? Das wäre noch die günstigste Variante. Aber was, wenn sie festgenommen und verhört wird? Meine Fantasie versagt an dieser Stelle.

Und ich verwünsche mich selbst für die Kühnheit, mit der ich sie ins Leben gerufen habe und nun auch noch bereit bin, mich in dies neue Abenteuer zu stürzen.

Wir haben eine Route über Mailand gewählt, keinen Direktflug. Es ist wegen Renus. Beim Zwischenstopp kann er die Box, in der er unter Sedierungsmitteln vor sich hin döst, kurz verlassen, um sich zu erleichtern. Uns dreien stehen lange Stunden in der Luft bevor. Aber ich will ja alles gern auf mich nehmen, wenn wir nur erst die Kontrollen passiert haben.

Gepäck gibt es so gut wie keins, nur Annes Interesse an den »Koffern auf Rädern« geschuldet, haben wir ein kleines Suitcase auf Rädern für die Kabine erstanden.

Um Mittag herum sind wir dann auf dem riesigen Rhein-Main-Flughafen und Anne verstummt beeindruckt. Das ist gut, denn ich selbst habe – ich gestehe es ein – eine von den Pillen geschluckt, die für den Hund bestimmt sind, und laufe leicht benommen herum, meine Tasche mit dem Laptop über der Schulter, die Transportbox in der einen Hand, unsere Papiere, Flugtickets, Pässe, die Bescheinigung für den Hund krampfhaft in der anderen. Letzterer ist übrigens der am wenigsten Aufgeregte von uns – Kunststück, die Sedierung ist ja auf seine Größe abgestimmt. An der hübschen geflochtenen Lederleine, die wir für ihn besorgt haben, trabt er gelassen neben Anne daher, unbeeindruckt vom Lärm der Ansagen, dem Rollen der Koffer, dem Durcheinander der Menschen, die in diese oder jene Richtung hasten. Er hat Nerven wie Drahtseile; nimmt dann auch ebenso unbeeindruckt in seiner Reisebox Platz und rollt sich zusammen, als wäre das sein Zuhause – was es ja wohl auch sein wird für die nächsten Stunden.

Wir geben ihn an der Abfertigungsstelle für Frachtgut ab. Auf Wiedersehen, Renus. Bis bald. Hoffentlich.

Dann die Schlange am El-Al-Schalter. Unaufhaltsam rücken wir vorwärts. Ich bin einer Ohnmacht nahe.

Passkontrolle.

Der junge Beamte vor uns, so ein sonniger Blondschopf, besieht sich erst mein Dokument, dann das andere.

Er besieht es sich gründlich. Dann bricht er in Lachen aus. »Hat das denn keiner bemerkt bisher?«

»Was bemerkt?«, frage ich und erkenne meine Stimme nicht wieder.

»Na, das Geburtsdatum. Das ist ein Zahlendreher. Das muss natürlich 92 heißen und nicht 29. Sonst wären Sie ja fünfundachtzig Jahre alt, Fräulein Frank!«

Anne sieht ihn ernst und nachdenklich an. Einen Moment befürchte ich, sie würde bestätigen, dass sie so alt ist. Aber sie nickt nur und sagt: »Da haben Sie wohl recht.«

Wir werden durchgewinkt und mir zittern die Knie. Die Fälschung aus der Werkstatt von Hailes Bekannten hat ihre Feuerprobe bestanden.

Die nächste Hürde. Die Sicherheitskontrolle.

Während ich Annes Koffer, meine Tasche und Laptop auf das Band lege, bemerke ich, dass meine Freundin stehen geblieben ist.

»Was hast du?«, frage ich. Andere Passagiere gehen an uns vorbei.

Sie zeigt mit einer Kopfbewegung auf das Tor und die Beamten mit den Detektoren.

»Was machen die?«

»Sie untersuchen die Fluggäste. Wegen der Sicherheit in der Maschine. Damit keine Waffen eingeschmuggelt werden. Schusswaffen oder Messer.«

»Schusswaffen oder Messer«, wiederholt sie leise. »Aber ich will nicht. Ich will das nicht.«

»Keine Angst«, beruhige ich sie. »Da geschieht dir nichts. Es ist ganz harmlos.«

»Ich will das nicht«, wiederholt sie und schüttelt den Kopf. »Niemals. Ich lasse mich nicht anrühren. Nicht so.«

Schon wieder! Irgendwelche Ängste müssen da wieder in ihr erwacht sein.

»Anne, was sollen wir denn machen? Sollen wir jetzt umkehren wegen dieser Kontrolle, die du nicht über dich ergehen lassen willst?«

»Du kannst ja durchgehen«, sagt sie stur. »Ich nicht.«

Sie nimmt ihr Handy aus der Jackentasche, legt es auf das Band. »Geh nur.«

»Aber …«

»Geh nur.«

Mir bricht der Schweiß aus. In Erwartung irgendeiner spektakulären Aktion ihrerseits, begebe ich mich zur nächsten Beamtin, die mit deutscher Gründlichkeit an mir arbeitet. Sogar die Schuhe muss ich ausziehen. Von meiner Begleiterin keine Spur.

»Warum zittern Sie denn so?«, sagt die Frau verwundert. »Unnötige Aufregung. Wir haben hier noch keinen umgebracht. Alles bloß zu Ihrer Sicherheit.« Sie sagt genau das, was ich eben als Argument vorgebracht habe.

»Da war so'n komischer Luftzug eben«, sagt ihre Kollegin vom anderen Sicherheitstor. »Als wenn eine Fledermaus vorbeiflattert.«

»Nicht dass ich wüsste, dass es auf dem Flughafen hier Fledermäuse gibt.«

Die beiden lachen.

Anne Frank nimmt bereits jenseits der Kontrolle unser Gepäck vom Transportband.

Sie lächelt, zeigt ihre Wangengrübchen. »Das war doch gut, nicht?«

Ich antworte nicht, gehe zur Theke im Warteraum und bestelle mir einen Kognak.

»Für mich bitte auch!«, sagt sie. –

Der Einstieg in den Flieger, die Platzsuche, die Sicherheitsbelehrung, der Start – alles erfüllt meine Freundin nahezu mit Ekstase. Sie fliegt schließlich das erste Mal in ihrem Leben. Alles ist neu, alles aufregend.

Dann heben wir ab und sie presst die Nase an die Fensterscheibe, lässt sich von mir erklären, was wir gerade überfliegen, klatscht vor Begeisterung in die Hände – bis wir über den Wolken sind. Anders werden die Falascha, jene Juden aus Äthiopien, als man sie nach Israel holte, auch nicht gestaunt haben, fällt mir ein; falls die sich denn überhaupt getraut haben, nach draußen zu sehen.

Dann lehnt sie sich glücklich zurück, ignoriert, dass da vor unserer Nase ein Film läuft, hantiert mit allem denkbaren Ungeschick auf dem engen Raum des Klapptischchens mit Kunststoffmesser und -gabel, die Serviette landet auf dem Boden – ein Kind, das mit neuen Gegebenheiten kämpft.

Alsdann – draußen ist nur noch weiß und grau – löst sie ihren Gurt, zieht die Beine hoch und wendet sich zu mir um.

»Jetzt musst du es mir erklären. Das mit dem Plakat, was ich gefunden habe.«

Was meint sie? Dann fällt es mir ein. Die verschränkten Hände. Die Schrift: Rotterdam and Palestine united against Jews.

Ja. Bevor wir landen, muss sie es wissen. Dass sie sich in ein Land begibt, das von Feinden umzingelt ist. Das für alle Juden steht.

»Du musst dir vorstellen, dass der Judenstaat so etwas ist wie eine Oase in der Wüste. Aber in einer sehr gefährlichen Wüste«, beginne ich.

»Du hast mir was über Araber erzählt, die sich nicht vertragen konnten mit den Siedlern.« Sie hat ein scharfes Gedächtnis. »Es gab Kämpfe.«

»Es gab mehr als Kämpfe. Es gab Krieg.«

»Was verstehst du darunter? Ich kenne Krieg!«, sagt sie mit gerunzelten Brauen.

»Nachdem die Vereinten Nationen der Gründung des Staates Israel zugestimmt hatten, ohne Einverständnis der Araber, sind praktisch am gleichen Tag fünf arabische Staaten über die Juden hergefallen. Sie sagten, man soll sie ins Meer zurücktreiben. Ja, es war Krieg, Anne.«

»Aber wieso – wieso konnten sie bestehen? Juden haben nicht gelernt, sich zu verteidigen!«, sagt sie, starrt mich an… Wartet sie auf das Eingreifen höherer Mächte in dieser Geschichte? Ich erinnere mich an ihre Worte im Tagebuch: »Es ist Gott, der uns so gemacht hat (als Juden), und es wird auch Gott sein, der uns aufrichtet.«

»Und dann?«, sie fragt, als komme eine Katastrophe auf sie zu.

»Sie haben gewonnen, die Juden gegen diese fünf arabischen Staaten. Nicht allein aus ihrer eigenen Kraft – es gab auch Unterstützung, vor allem durch die USA, aber sie haben gewonnen.«

»Das kann ich nicht glauben, Corelli.« Ihre Stimme ist ganz leise.

»Aber es ist wahr. Und nicht nur diesen Krieg, auch eine Reihe von anderen, die danach kamen.«

»Viele Kriege?«

»Mehrere Kriege.«

»Und so reisen wir jetzt in ein Land, das Krieg führt?«

»In ein Land, das manchmal gezwungen ist, Krieg zu führen.« Ich äußere mich vorsichtig. Die Ansichten darüber sind verschieden, auch bei den Juden. Sie wird sich selbst ein Bild machen müssen.

»Krieg! Das hättest du mir vorher sagen müssen«, flüstert sie. »Ich weiß nicht, ob ich dann abgeflogen wäre.«

»Wir haben eine Zwischenlandung in Italien. Wir können noch auschecken und umbuchen.«

Sie sieht mich an, runzelt die Stirn, scheint mit sich zu kämpfen. Dann sagt sie ruhig: »Ohne dass ich den Judenstaat gesehen habe? Nein.«

Sie lehnt sich zurück, schließt die Augen. »Corelli, ich weiß so wenig von der jüdischen Geschichte. Waren sie denn nicht immer schwach und verfolgt – bis sie bereit waren, ihre Besonderheiten aufzugeben und so zu werden wie die Völker, unter denen sie lebten?«

Sie lehnt ihren Kopf gegen meine Schulter, ihr Haar streichelt meine Wange. »Muss ich mich schämen, dass ich so wenig weiß von uns, von uns Juden?«

»In deinem Tagebuch gibt es ein paar sehr hellsichtige Passagen über die Juden und über den Antisemitismus.«

»Ja? Wirklich?«

»Du hast geschrieben: ›Durch Jahrhunderte mussten Juden leiden. Aber durch Jahrhunderte sind sie auch stark geworden.‹«

»Das kannst du auswendig?«, sagt sie und kichert an meinem Hals.

»Weil es stimmt. Große Reiche sind untergegangen. Aber die Juden, die in ihnen lebten, haben es überstanden. Sie waren stark, Anne, weil sie zusammengehalten haben. Ihr Glaube war der Kitt, der sie verband, und sie waren immer stark, wenn sie zusammenhielten, und immer bereit, sich zu verteidigen – ob mit den Mitteln des Geistes oder mit der Waffe, das sei dahingestellt. Sie haben gelitten, aber sie haben überlebt. Selbst Hitler haben sie überlebt.«

»Nicht sehr viele.«

»Genügend, um einen Staat zu gründen und ihn zu beschützen.«

Anne atmet tief durch. »Aber die Araber … können sie denn nun nicht in Frieden leben mit den … neuen Nachbarn? Kann man sich nicht … vertragen?«

Ich seufze. »Es hat sich so viel Hass und Zorn angestaut auf beiden Seiten. Es ist ein mühsamer Vorgang, der Versuch einer Annäherung.«

»Menschen wollen den Frieden. Überall. Das kann doch nicht so schwer sein.«

»Doch, Anne. Es ist schwer. Noch steht der Kampf im Vordergrund. Auf beiden Seiten.«

»Muss ich denn Angst haben, wenn ich da bin?«

»Du wirst so sicher sein wie in Abrahams Schoß.«

Draußen ist es dunkel geworden. Die Stewardessen verteilen Kopfkissen und Decken.

»Ich bin überhaupt nicht müde«, sagt Anne Frank und gähnt – das sind die Momente, wo sie Kind ist. Fünfundachtzigjähriges Kind, dessen Dasein zu weiten Teilen nur aus einer leeren weißen Fläche besteht …

»Erzähl mir etwas von der Geschichte der Juden. Du sagst, die Römer hatten sie aus dem Land gejagt, damals, vor wer weiß wie vielen Jahrhunderten.«

»Ja. Aber sie hatten sich gewehrt.«

»So wie heute.«

»Nur ohne Erfolg damals. Aber sie waren sehr mutig.«

»Erzähl mir«, wiederholt sie. Ihre Atemzüge werden tiefer. Ihr Kopf ruht schwerer auf meiner Schulter.

Ob sie es nun hört oder nicht, ich werde ihr eine Geschichte erzählen, von heroischem Widerstand und Tod. Von Helden, die zu Märtyrern wurden.

»Es war einmal«, beginne ich im Ton der Märchenerzähler, »im Jahre 134 unserer Zeitrechnung, ein römischer Kaiser namens Hadrian, und der versuchte, der Provinz Judäa mit besonderer Härte beizukommen; sie war ihm zu aufsässig. Immer wieder flammten kleine Rebellionen auf. Nicht nur, dass er die Tribute, die von der Provinz aufgebracht werden musste, erhöhte und noch mehr römische Soldaten im Land stationierte – er verbot den Juden auch bei Todesstrafe, ihre Knaben zu beschneiden. Ich weiß nicht, ob du das weißt, Anne. Aber das Gebot der Beschneidung soll direkt von Gott stammen. Es ist das Zeichen des Bundes zwischen Gott und dem Volk Israel. Durch dieses Verbot Hadrians hätte die nächste Generation der Juden nach dem Glauben der Zeit keine Verbindung mehr zum Herrn. Das Judentum wäre in seiner Wurzel bedroht.

Die Menschen waren empört und verzweifelt. Sie wollten sich dieser Knechtschaft nicht länger unterwerfen. Und unter ihnen stand ein Führer auf, der war begabt mit Klugheit und Entschlossenheit, und sie nannten ihn den Sternensohn. Bar Kochba.

Der Aufstand ergriff das ganze Land Judäa, und was fast unglaublich schien: Die jüdischen Kämpfer waren an allen Fronten siegreich gegen das kampferprobte Heer der Römer.

Eine Zeit lang schien es, als würde alles gelingen. Bar Kochba und seine Kämpfer befreiten Judäa, stellten Recht und Ordnung wieder her, ließen die römischen Münzen umprägen zu Geld ihres freien Staates. Und sie führten die allgemeine Wehrpflicht ein. Kein Mann durfte sich der Landesverteidigung entziehen – so ist es heute in Israel auch.

Der Sieg schien vollkommen. Man glaubte an die Dauer.

Bar Kochba war ein kluger Politiker. Er sah die Weltlage und meinte: Warum soll Rom, das Weltreich, nicht stillhalten, wenn ein so kleines Land wie Judäa sich befreit?

Die Situation Roms damals, musst du wissen, ähnelt sehr stark der Großbritanniens nach dem Zweiten Weltkrieg. Riesenreiche, die bröckeln und auseinanderfallen. Die Römer hatten sich übernommen mit ihren Eroberungen. Sie mussten einige Länder im Osten aus ihrem Staatenbund entlassen und Frieden schließen mit alten Feinden. So, wie die Briten Palästina schließlich räumen mussten.

Aber Rom gab nicht auf – so wenig, wie die Briten zunächst aufgeben wollten. Du erinnerst dich an das Schiff Exodus, ja?«

Sie antwortet nicht, scheint wirklich tief zu schlafen. Aber ich bin nun einmal am Erzählen.

»Was Bar Kochba übersehen hatte: Das Land Palästina war – heute würden wir sagen – von geopolitischer Bedeutung für die Römer, als Aufmarschzone in Richtung Ägypten, diesem reichen Territorium und Objekt römischer Begierde.

Der Kaiser Hadrian«, fahre ich fort, »schickte seinen besten Feldherrn nach Judäa, um die Rebellion niederzuwerfen. Bar Kochba und die Seinen wurden in die Enge getrieben und schließlich vernichtet.

Und das war der Beginn dessen, was wir die Diaspora, die Zerstreuung unseres Volkes in alle Welt nennen. Hadrian ließ die Reste des Tempels von Jerusalem, des zentralen Heiligtums des jüdischen Volkes, zerstören und verbot Juden, sich in Jerusalem aufzuhalten. Und mehr noch: Er verbot die Ausübung der jüdischen Religion. Zudem ließ er das Land unbewohnbar machen: Bewässerungsanlagen wurden zerstört, Palmen- und Olivenhaine abgeholzt, das Vieh fortgetrieben und geschlachtet.«

Von Anne kommt ein tiefer Seufzer. Hat sie doch zugehört?

Sie richtet sich auf und fragt: »Woher weißt du das alles? Woher weiß die Welt davon?«

»Vor nicht allzu langer Zeit fand man in einer Höhle Schriften aus jener Zeit, Erlasse des Fürsten Bar Kochba, Briefe von ihm. Und es hieß: Man hat Dokumente des letzten Präsidenten Israels in der Antike, vor 1800 Jahren, aufgefunden. Das Land war wie im Rausch.«

»In einer Höhle…«, wiederholt sie, schließt die Augen und sagt dann, wie aus einem Traum heraus: »Sie saßen in einer Höhle und hörten den Lärm von oben über der Höhle und wussten, dass die Feinde über sie gekommen waren.«

Mir stockt der Atem. Ein Schauder überläuft mich. Woher kennt sie diese Worte? Sie stammen aus einer jüdischen Sammlung alter Schriften, die sie unmöglich gelesen haben kann! Wer spricht da durch sie?

»Was hast du da eben gesagt?«

Sie öffnet die Augen. »Gesagt? Ich habe gar nichts gesagt. Ich habe geschlafen und du hast geredet. Ich hab dich durch den Schlaf hindurch gehört.« Sie seufzt. »Aber damals haben sie verloren.«

Ich reiße mich zusammen. Zurück zur Realität.

»Diesmal sieht es anders aus«, sage ich. »Damals waren die Juden allein. Jetzt hat Israel viele Freunde in der Welt.«

»Dass die Juden einmal Freunde in der Welt haben – das ist wirklich erstaunlich«, sagt sie, halb spöttisch, halb schmerzlich. »Aber in Rotterdam ist man sogar mit den Palästinensern verbündet gegen die Juden. Wieso eigentlich gegen die Juden allgemein? Wieso nicht gegen den Judenstaat – wenn überhaupt?«

»Offenbar steht Israel für viele da draußen, für alle Juden, auch wenn sie am anderen Ende der Welt wohnen. Und ganz so Unrecht haben die ja nicht. Ohne Israel wären wir weiterhin heimatlos. Und ohne die Juden in der Welt, ohne ihren Beistand, hätte Israel es schwerer.«

Sie drückt ihren Kopf gegen das Kissen, das die Stewardess gebracht hat.

»Sicher wie in Abrahams Schoß«, wiederholt sie meine Worte von vorhin. »Stimmt das? Wird uns dieser Krieg nicht … berühren?«

»Gewiss nicht!«, sage ich energisch. »Du wirst einfach in ein wunderschönes Land kommen. Da, wo es kritisch ist, da gehen wir nicht hin.«

»So einfach ist das?«

»Würden die Menschen da sonst leben können?«

»Man geht also einfach um den Krieg herum?«

»So kann man es sagen«, erwidere ich und hoffe, dass ich recht habe.

Jedenfalls ist es mir gelungen, ihre Besorgnis zu zerstreuen. Kein Wort mehr über Krieg oder Bedrohung.

Wir werden gebeten, uns anzuschnallen. Mailand. –

Renus, etwas verschlafen, aber ansonsten wohlauf, wird uns für die Dauer unseres Aufenthalts hier wiedergegeben, bis er in der anderen Maschine wieder in seiner Box verschwinden muss.

Hier, in Mailand-Linate, zückt Anne ihr Mobiltelefon und tippt mit gerunzelter Stirn, die Zunge zwischen den Zähnen, eine Nummer ein.

Mit wem soll sie schon sprechen – außer mit Haile?

Die nächste Überraschung: Haile ist in Tel Aviv. Ja, sie hatte beiläufig erwähnt, er habe Bekannte dort. Was ja nicht unbedingt bedeuten muss, dass er sich da auch aufhält.

Und er wird uns vom Flughafen abholen.

Sehr angebracht, denn wir landen weit nach Mitternacht und haben kein Hotel gebucht, was sicher leichtsinnig von mir war, aber die Angelegenheit mit Anne Franks Reisepass hatte mich derartig beschäftigt, dass ich gar nicht weitergedacht habe – vielleicht sogar in der Annahme, wir schaffen es ohnehin nicht …

Also gut.

Die Tatsache, dass ich jetzt mit meinem Wunder-Mädchen nicht zu zweit durch Israel ziehen werde, sondern ganz gewiss zeitweise auch in Begleitung des jungen Mannes –, nun, die muss ich erst einmal schlucken. Aber wenn ich sehe, wie ihre Augen strahlen, wie eine hübsche Röte ihre Wangen überzieht und ihre Bewegungen jetzt beim Spiel mit Renus etwas Fliegendes und Tänzerisches bekommen, dann sehe ich ein, dass es kleinlich von mir wäre, ihr diese … nun sagen wir einmal: Beziehung … zu missgönnen.

Trotzdem.

»Warum hast du mir nicht gesagt, dass wir auf Haile treffen werden?«, frage ich.

Sie ist überrascht. »Hab ich das nicht? Ich dachte, das wüsstest du.«

Damit scheint für sie die Sache abgetan. Es ist nicht wichtig.

Und wer weiß … vielleicht verleiht eine Zeit zu dritt unserer Reise noch eine zusätzliche Würze. Warten wir's ab. –

Die zweite Flugstrecke von Italien übers Mittelmeer ins Land unserer Väter verschläft Anne komplett, unter der Decke zusammengerollt wie eine junge Katze; nur ihr dunkles Lockenhaar oben und eine weißgekleidete Fußspitze unten bleiben unbedeckt – die bordeauxfarbenen Schuhe stehen unterm Sitz.

Der Himmel ist wolkenlos, hier und da ein Stern; ich bin wach. Die Ausreise haben wir hinter uns, aber wie wird es bei der Einreise ausschauen? Israels Pass- und Zollkontrollen sind nicht von schlechten Eltern. Ich bin gerade wieder dabei, mir den Kopf zu zerbrechen, wie das wohl gehen wird, und komme mir langsam vor wie die überängstliche jiddische Mame in dem Witz: Der Sohn schickt der Mutter eine SMS. »Liebe Mame, wir reisen jetzt ab. Du kannst anfangen, dir Sorgen zu machen.«

Es kommt dann aber ganz anders, und das haben wir Renus zu verdanken.

Der Umstand, dass ein Haustier mit einreist, versetzt den jungen pausbäckigen Zollbeamten auf dem Flughafen von Tel Aviv in helles Entzücken. Er ruft sogar noch zwei andere Kollegen (einer ist eine Kollegin) hinzu – um diese Zeit ist am Einreisecounter für Ausländer so gut wie nichts los – und alle drei fragen, ob sie den Hund anfassen dürfen, ihn streicheln … Das Mädchen hat sogar ein Leckerli in der Tasche.

Unsere Papiere werden beiläufig visiert und gestempelt, unser ohnehin minimales Gepäck wird durchgewinkt.

Meine Antwort auf die Frage, was wir in Israel wollen – das Land unserer Vorfahren besuchen –, wird mit wohlwollendem Nicken quittiert.

Das war's.

Anne steht in der Empfangshalle des Ben Gurion, die nicht anders aussieht wie die Lounges jedes größeren Flughafens, mit den (jetzt geschlossenen) Luxusläden, den Reisebüro-Schaltern und Autovermietungen, aber sie steht mit hängenden Armen, dreht sich im Kreis und studiert die zweisprachigen Hinweisschilder und Firmenlogos und murmelt: »Hebräisch. In hebräischen Buchstaben. Wir sind also wirklich im Land der Juden angekommen!«

Ich überlasse sie ihrem Staunen und gehe zum nächsten Bankautomaten, um uns mit einheimischem Geld zu versorgen, denn der Euro hat im Nahen Osten ja noch nicht Einzug gehalten.

Als ich zurückkomme, wartet sie bereits voller Aufregung auf mich.

»Corelli, da, sieh mal da! Sind das Ostjuden?«

Ostjuden. Ja, das war der Begriff für die Männer und Frauen, die im vorigen und vorvorigen Jahrhundert in Deutschland und sicher auch in Holland eingewandert waren aus Polen, aus dem Baltikum, aus der Ukraine, auf der Suche nach einem besseren Leben, weg von Unterdrückung und Demütigung durch die christlichen Fanatiker und die Regierung des Zaren – Russland beherrschte diese Gebiete –, die aber nicht bereit waren, sich von ihren alten Bräuchen zu trennen. Sie pflegten die jahrhundertealten Riten in der Synagoge und der Talmudschule und liefen in der Tracht voriger Zeiten herum. So muss Anne sie kennengelernt haben, in ihrer Kindheit, in Frankfurt oder Amsterdam.

Die Gruppe von Männern, die ebenfalls gerade angekommen ist und sich nun sammelt, wird lautstark begrüßt von anderen und gleicht denen aufs Haar. Alle tragen hohe Hüte, lange schwarze Mäntel, sind bärtig und haben die langen Schläfenlocken zu beiden Seiten des Gesichts, wie es ihr Glaube vorsieht.

»Ostjuden«, sage ich, »gibt es nicht mehr. Diejenigen, die sich auf solche Weise kleiden, wollen die alten Wurzeln deutlich machen. Es sind Religiöse, sogenannte Orthodoxe. Sie praktizieren ein strenggläubiges Judentum wie über viele Jahrhunderte hinweg. Und sie leben auch hier in Israel.«

»Das ist schön, dass auch sie eine Heimat gefunden haben hier.«

Ich seufze.

»Da gibt es Schwierigkeiten. Sie leben nämlich hier – aber sie erkennen den Staat Israel nicht an.«

»Das musst du mir erklären.«

»Für sie gibt es erst einen wahren Staat Israel, wenn der Messias gekommen ist. Der, durch den mit einem Schlag alles anders wird, wenn völliger Friede unter den Völkern für immer herrscht, wie es in der Bibel heißt ›sodass der Löwe bei dem Lamm liegt‹ und die Natur alles ohne Zutun des Menschen hervorbringt. Eine Utopie. Na, und dieser Friede ist im Moment noch nicht in Sicht.«

Sie sieht mich zweifelnd an. »Du erzählst mir die Wahrheit?«

»Es kommt noch schlimmer«, erwidere ich. »Für sie muss der Judenstaat in den Grenzen des alten Judäa entstehen – das heißt, unter Einbeziehung arabischer Gebiete. Sie akzeptieren die Grenzen nicht, die einmal vom Völkerbund festgelegt wurden. Sie wollen, dass die Araber vertrieben werden aus, wie sie sagen, biblischen, jüdischen Kernland.«

»Was meinst du mit ›vertreiben‹«?

Man baut Siedlungen für Juden in Landstrichen, die eigentlich den Arabern gehören. Man drängt sie sozusagen hinaus.«

»Das ist – nicht sehr schön.«

»Nein, das ist es nicht. Und das ist auch der Grund, warum es so viel Hass gibt unter den Palästinensern. Hass und Gewaltbereitschaft.«

Anne nickt mit gerunzelter Stirn. Sie weist mit dem Kinn auf die schwarzgekleidete Gruppe.

»Die sind also für den Krieg?«

»Schon. Sie sind für den Krieg, ohne einen einzigen Finger dafür zu rühren. Weil sie den Staat nicht anerkennen, verweigern sie den Wehrdienst.«

»Was bedeutet das?«

»Dass sie nicht zur Armee gehen. Sie müssen nicht. Israel akzeptiert das. Es ist auch jüdischer Glaube, jüdische Tradition.«

Anne schüttelt den Kopf. »Ist das kompliziert! Also hier möchte ich nicht regieren. Übrigens, sie haben ganz dumm geguckt, als ich sie angelächelt habe. Ein paar haben sogar ihre Hüte vors Gesicht gehalten. Habe ich irgendetwas an mir, was die nicht mögen?«

Ich grinse. »Das hängt generell mit ihrer Ansicht über Frauen zusammen. Die halten sie für etwas, was sie vom Glauben ablenkt. Frauen haben im Haus zu bleiben.«

Die Gruppe entfernt sich unter lautstarken Gesprächen zum Ausgang hin.

»Aber sind die denn völlig … aus der Welt?«, sagt meine Schöne, die gerade erst seit ein paar Tagen wieder »in der Welt« ist.

»Jetzt wohl, und sie machen eben wirklich Probleme. Aber man muss andersherum auch sehen: Der Glaube und die tiefe Frömmigkeit solcher Männer, wie sie es sind, ihre Kenntnis unserer heiligen Schriften und die Befolgung der Gebote haben maßgeblich das Judentum zusammengehalten. Ohne sie und ihre Stärke gäbe es wohl keine Juden mehr auf der Welt.«

»Mein lieber Schwan«, sagt Anne und gebraucht mal wieder einen Ausdruck aus ihrem alten Leben, »ist das alles kompliziert. In unserer Familie hat sich keiner für so etwas interessiert.«

Wir haben inzwischen den weiträumigen Hallenbereich durchquert und treten auf den Vorplatz. Dunkel und warme Luft schlägt uns entgegen.

Von Haile keine Spur.

»Na«, sage ich (ich kann es mir nicht verkneifen), »sehr zuverlässig scheint er ja nicht zu sein.«

Anne zuckt die Achseln. Es scheint sie nicht so besonders aufzuregen.

»Banana Beach!«, bemerkt sie geheimnisvoll.

Ich verstehe kein Wort, sehe sie mit großen Augen an. »Wovon sprichst du?«

»Haile hat gesagt, falls er nicht kommen kann, sollen wir uns ein Taxi nehmen und zum Banana Beach in Tel Aviv fahren. Da haben seine Bekannten eine Strandbar.«

»Eine Strandbar, die noch nach Mitternacht geöffnet hat?«

»Lass uns einfach hinfahren!«, sagt sie ungeduldig.

Was bleibt uns übrig mitten in der Nacht? Also nehmen wir ein Taxi und ich gebe als Adresse Banana Beach an und komme mir komisch vor, aber der Fahrer scheint das für normal zu halten.

Anne sitzt hinten und hat Renus im Arm, was ein ziemliches Unterfangen ist, denn so ein Retriever-Mischling ist ja kein Schoßhund.

Ich bin viel zu übermüdet, um wahrzunehmen, durch welche Landschaften oder Stadtteile uns das Taxi bringt. Häuserwände ziehen vorüber, Strommasten, Licht und Dunkelheit wechseln sich ab.

Irgendwann hält das Taxi.

»Banana Beach.«

Ich zahle, greife unser kleines Gepäck, während Anne

mit Renus bereits ausgestiegen ist und irgendwohin ins Dunkle läuft. Und ich stehe, taumelig vor Schlafmangel, allein und desorientiert, auf einem großen Boulevard, einer Hafenpromenade von satten Ausmaßen. Alles schläft, nur die Leuchtreklamen sind wach. Wo ist meine Freundin hingegangen?

Die mehrspurige Straße ist zu dieser Stunde unbelebt. Dahinter: der Strand. Meine Sinne erwachen.

Jetzt verspüre ich erst den Duft nach See, den warmen Wind, vernehme das Rauschen des Meeres, ganz in der Nähe.

Alles ist gut beleuchtet und ganz still. Eine niedere Balustrade, die ich nicht ohne Mühe übersteige. Dann lande ich im Sand, der sofort meine Schuhe füllt, und stiefele mühsam vor zum Wasser, hin zu dem roten Kleid, das vor dem weißen Schaum der Wellen leuchtet wie eine Flamme.

Klüger als ich, hat sie ihre Schuhe ausgezogen und hält sie in der Hand. Renus tobt wie besessen; er will die anrollenden Wogen bekämpfen und traut sich nicht, springt vor und zurück; sein Bellen mischt sich mit dem Geräusch der Brandung.

»Corelli, das ist das Mittelmeer! Unser Meer! Und ich tauche meine Füße in dieses Wasser!«

Ein bisschen viel Euphorie … In der Tat berühren die Ausläufer der Wellen schon ihre Knöchel.

»Nun«, sage ich ein bisschen ungeduldig, »was das angeht, da sind noch zwei Meere darüber hinaus im Angebot, das Rote Meer und das Tote Meer. Da kannst du auch noch die Füße eintauchen. Aber jetzt wüsste ich gern, was wir hier an diesem Strand sollen. Dein Eriträer hat uns offensichtlich versetzt. Wo sollen wir übernachten?«

»Wo ist denn nun diese kleine Bar, direkt am Wasser?«, erwidert sie, ohne sich zu mir umzudrehen. »Wo wir uns treffen wollten, falls er es zum Flughafen nicht schafft. Könntet du wohl einmal nachsehen?«

Ich wende mich ab und stapfe weiter durch den Sand. Ja, da ist eine Strandbar. Sie ist mit hebräischen Buchstaben beschriftet und an einem Mast weht stolz die Fahne mit dem Davidsstern.

Kein Mensch zu sehen. Alles dunkel und still.

»Da ist niemand. Komm, lass uns ein Hotel suchen. Ich bin müde.«

Sie schüttelt den Kopf. »Ich nicht. Ich hab ja im Flieger geschlafen. Geh du nur. Ich will hier am Wasser bleiben, bis die Sonne aufgeht.«

»So ganz allein?«

»Wieso? Ich hab doch Renus. Und sicher kommt Haile bald.«

Ich spüre: Ich werde sie nicht umstimmen. So gehe ich zur Promenade zurück, drehe mich immer wieder um zu ihr. Sie spielt mit dem Hund und den Wellen um die Wette, mehr denn je ein Wesen aus einer anderen Dimension. –

Ein Hotel ist nur ein paar Schritte entfernt vom Strand. Der verschlafene Portier hat tatsächlich noch ein Zimmer frei.

Ich falle aufs Bett, und eigentlich müsste ich mir doch jetzt Sorgen machen um meine alt-junge Reisegefährtin, so allein in der Fremde am Strand. Schließlich bin ich in diesem Fall die Glucke, die ein Entenküken ausgebrütet hat!

Aber inzwischen kommt mir das Abenteuer eher komisch vor, und wenn sie tatsächlich die Nacht da draußen verbringen will – nun, ich bin neugierig, in welchem Zustand ich sie am Morgen vorfinden werde.

Der Schlaf überwältigt mich.

III

Es ist gnadenlos hell, als ich aufwache. Ich hatte vergessen, die Vorhänge zuzuziehen. Die Klimaanlage rast auf Hochtouren. Keine Ahnung, wie spät es ist. Auf jeden Fall, höchste Zeit nach dem Mädchen zu suchen. Ich habe nun doch Gewissensbisse. Wie konnte ich sie nur allein am Meer zurücklassen, an diesem fremden Strand, in dieser Stadt, in diesem fremden Land!

Ich begleiche meine Rechnung und stürze auf den Boulevard.

Es ist viel früher, als ich dachte. Noch kaum Autoverkehr. Ein paar Lieferanten machen sich an Restaurants und Strandcafés zu schaffen, bringen Getränke und Lebensmittel. Auch bei der Banana-Bar.

Wo ist Anne Frank?

Renus kommt mir schweifwedelnd entgegen, gähnt und reckt sich, dann geht er in irgendeiner Ecke das Bein heben; er hat offenbar eine geruhsame Nacht verbracht.

»Wo ist Anne?«, frage ich ihn. »Zeig mir dein Frauchen!« Aber dazu hat er keine Lust; er trottet am Strand entlang auf Abenteuersuche. Seine Pfoten hinterlassen Spuren im Sand, der noch feucht ist vom Nachttau.

Ich gehe um das schmale Gebäude herum zu einem

Anbau, der hölzernen Besucherterrasse. Da finde ich sie – mein Herz tut einen harten Schlag.

Anne liegt schlafend auf einer der breiten Stufen, die von dieser Terrasse zum Strand hinunterführen. Und: Sie ist bis zum Hals verborgen in einem Daunenschlafsack in leuchtendem Türkisgrün. Die Sonnenstrahlen tauchen ihr Gesicht in eine zarte Röte, gleich einer Schminke.

Ich betrachte sie. Mir scheint, dass sie sich in der kurzen Zeit, wo wir miteinander unterwegs sind, verändert hat. Die Wangen sind schmaler, der Mund voller, eine feine Falte hat sich zwischen ihren Brauen eingegraben. Sie ist – erwachsener geworden. Ich atme tief aus. Hat sie vor, bewusst oder unbewusst, sozusagen im Schnelldurchgang die Jahre nachzuholen, die ihr verwehrt waren? Eine unheimliche Vorstellung.

Vorsichtig schiebe ich ihr eine Haarlocke aus der Stirn, in der Hoffnung, dass sie davon erwacht.

Sie lächelt, ihre Wimpern regen sich.

Dann springt sie auf, schält sich aus dem Schlafsack und strahlt mich an.

»Wir können bestimmt gleich frühstücken!«

»Frühstücken?«, frage ich verwirrt zurück. Das alles ist mir schleierhaft.

»Wieso liegst du hier auf diesen … diesen Stufen, und woher hast du dieses … Ding?« Ich deute auf den seidigen Schlafsack.

»Von Haile natürlich!«, entgegnet sie. Sie hat wohl keine Sekunde daran gezweifelt, dass er kommen und sich um sie kümmern würde. Und ich – ich bin so froh, dass sie mit diesem jungen Mann keine Enttäuschung erleben muss, auch wenn ich wohl nun nicht allein ihre

Vertraute sein werde. Schließlich wird sie erwachsen … Und mehr …

Und dann geht die Tür der Strandbar auf und da steht er, aus der Nähe betrachtet, ist er noch imponierender als im Halbdunkel des Clubs; mandeläugig und goldhäutig und schlank wie eine Zeder des Libanon, und er begrüßt mich in einem etwas gestelzten Englisch, voller Höflichkeit und strahlend vor Glück.

Die Küsse, die die beiden dann wechseln, sind herzhaft und fest, aber, wie mir scheint, nicht besonders sexy. Dieser Schlafsack war wohl nur Annes alleiniges Domizil heute Nacht.

Haile geht ins Innere der Strandbar. Und dann kommt ein rundliches Mädchen mit einem großen Tablett aus der Bar zu uns, grüßt freundlich mit »Schalom« und platziert auf einem der Holztische der Terrasse ein Frühstück, dass einem die Augen übergehen: frisches Brot und Joghurt, Orangensaft, Salat aus Gurke, Tomate und roten Zwiebeln, dazu Käse, Eier und Oliven.

Anne sitzt schon und beginnt zu essen, bevor alles bereitgestellt ist. Ihr Hunger, ihr Wunsch zu genießen, ist unersättlich.

Auch Renus hat sich wieder eingefunden und bekundet sein Interesse an gekochtem Ei und Käsescheiben.

Haile lässt sich nicht sehen. Er taucht erst wieder auf, als Teller und Schüsseln leer sind. Lobt unseren (Annes) Appetit und erklärt dann: »Wir fahren dann gleich.«

Wir beiden Frauen sehen erst uns an, dann Haile, und dann fragen wir wie aus einem Mund: »Wohin?«

Offensichtlich wurde Anne auch nicht über eine Fahrt informiert.

Der junge Mann, mit einigen Anzeichen von Verlegenheit – er dreht wieder und wieder eine seiner langen Locken um den Finger –, erklärt, er würde uns zunächst nach Galiläa bringen, in den Norden. Wundervolle Landschaft, Blick bis zum Meer, absolute Ruhe, Erholung.

Anne protestiert lebhaft. Sie sei nicht ins Land der Juden gekommen wegen absoluter Ruhe und Erholung, sondern um Land und Leute kennenzulernen, etwas über das Leben hier zu erfahren, Städte zu besuchen …

Haile sieht mich Hilfe suchend an. Wieso vermutet er in mir eine Verbündete?

»Sehen Sie, Corelli – Sie heißen doch Corelli, nicht wahr? Jedenfalls hat mir das Anne gesagt –, ich bin bereit, Ihnen beiden alles zu zeigen, und Sie werden in mir einen wirklich kompetenten Führer finden«, sagt er, »aber ich habe noch einige Dinge zu erledigen, unaufschiebbare Dinge, hochwichtig.

Dann stehe ich zur Verfügung. Es gibt da in den Bergen eine wundervolle kleine Hütte …«

»Aber wir brauchen keinen Führer, wie kompetent auch immer«, unterbreche ich ärgerlich. »Wir sind durchaus in der Lage, uns selbst ein Bild zu machen.« Und Anne nickt eifrig.

Haile reißt sich fast das Haar aus. »Ich möchte es so gern! Bitte. Ich freue mich darauf, Sie beide zu begleiten. Und – ich möchte doch mit Anne zusammen sein.«

Ein Argument, das zumindest bei der, die es betrifft, gut ankommt. Anne lächelt.

»Für wie lange müssten wir denn in die Berge?«

»Zwei Tage, höchstens drei!« versichert Haile.

»Wo genau ist das?«, erkundige ich mich misstrauisch.

»In der Nähe der libanesischen Grenze und der Golanhöhen.«

»Die Golanhöhen? Soweit ich weiß, wurden von da schon häufig Raketen auf israelische Siedlungen abgeschossen!«, sage ich entgeistert.

Anne starrt mich an. »Raketen? Wirklich Raketen?«

Haile fährt hastig fort: »Jetzt nicht mehr! Es ist lange her. Es ist da absolut ruhig, absolut sicher.«

(Anne scheint beruhigt durch diese Auskunft.) »Ich werde auch noch einen Bekannten anrufen, der hat dort eine Rinderzucht. Er kann herumfahren mit euch, zum See Kinnereth, zu den heißen Quellen, zu einer Kreuzfahrerburg. Ein sehr gebildeter Mann. Ein Jude.«

»Und wieso willst du ein besonders guter Führer sein, wo du doch gar nicht von hier stammst?«

Seine Antwort ist entwaffnend. »Weil ich das Land liebe. Und weil ich es kenne. Ich studiere in Jerusalem.«

»Was denn?«, kann ich mir nicht verkneifen zu fragen.

Er schlägt die Augen nieder. »Es sollte Jura sein. Nach dem Wunsch meiner Eltern. Nun ist es … Praktische Philosophie geworden.« Ich muss wohl irgendwie verwirrt geguckt haben. Er erklärt eifrig, mit einem Lächeln: »Das Fach beschäftigt sich mit Fragen der Moral und Ethik und auch mit Politik im Lichte des Humanismus.«

Spannend. Ein Fach, von dem ich noch nie etwas gehört habe. Es klingt ein bisschen verschwommen.

»Aber muss man dazu nicht die Landessprache beherrschen?«, frage ich misstrauisch.

Er lächelt verschmitzt. »Die Verkehrssprache an der Universität ist Englisch.«

Anne hat keine Lust auf solche Diskussionen. Ihr Widerstand ist bereits dahingeschmolzen und sie ist ungeduldig. Natürlich hat sie keine Ahnung von der politischen Situation, weiß nicht, dass es nach einem Krieg zwischen Israel und dem Libanon im Jahre 2006 dort durchaus gefährlich sein kann. Ich mag es ihr nicht sagen.

»Lass uns fahren, Corelli«, sagt sie.

»Ja, es wird schnell heiß.« (Haile)

Auf dem Weg zum Auto zerbreche ich mir den Kopf, was für Dinge der junge Mann wohl noch zu erledigen hat. Die Kreise, in denen er verkehrt, scheinen ja sehr, nun, sagen wir einmal, breit gefächert zu sein. Von Passfälschern zu Rinderzüchtern.

Der kleine japanische Wagen hat gerade Platz für vier Personen, wenn man denn Renus die Ehre zuerkennt, eine Person zu sein. Hailes Verhältnis zu dem Hund scheint ein bisschen angespannt zu sein, er sieht zu, dass er Abstand von ihm hält, und ist offensichtlich froh, als ich mich erbiete, mit dem Tier auf der Rückbank Platz zu nehmen.

Anne steigt vorn zum Fahrer ein, aufgeregt und schon bereit, sich in das neue Abenteuer zu stürzen. Der Hund freilich ist nicht damit einverstanden, solche Distanz zu seinem »Frauchen« zu haben, er macht Anstalten, sich zwischen den beiden Vordersitzen durchzudrängen.

»Halt ihn zurück!«, sagt Haile, und es klingt ein bisschen panisch. Er gibt Gas, wir rollen auf die Straße.

»Ja, Corelli, bitte halt ihn zurück«, bekräftigt Anne. Und zu Haile: »Hab keine Angst vor ihm. Er wird es nicht wieder machen. Wir sind ja jetzt nicht in so einer Situation.«

»Was wird er nicht wieder machen? Und was für eine Situation meinst du?«, frage ich nach.

Anne kichert. Sie dreht sich halb zu mir um. »Ach, heute

Nacht. Haile wollte zu mir in den Schlafsack kriechen. Da hat Renus ihn gebissen. Nein, nicht schlimm. Nur ins Bein gezwickt. Immerhin, seine Hose hat einen Riss.«

Sie hat zu dieser Mitteilung nicht etwa die Sprache gewechselt, um ihm die Peinlichkeit zu ersparen, sondern redet auch englisch, mit entwaffnender Offenheit. (Ich erinnere mich, dass das Englische im »Hinterhaus« mit Eifer gepflegt wurde – der Gedanke an Auswandern war ja nicht vom Tisch.)

»Anne! Muss das sein?« Wahrscheinlich ist er unter seiner braunen Haut errötet.

Die Episode erfüllt mich irgendwie mit Genugtuung. (Ein Ausdruck von Eifersucht, ja, ich weiß …)

Spontan sage ich: »Weißt du eigentlich, zu wem du da in den Schlafsack kriechen wolltest?« Die Frage ist heraus, ehe mir klar wird, wie heikel sie ist.

»Meine Güte. Zu Anne.«

»Und? Weiter.«

»Anne Frank.«

»Und wer ist Anne Frank?«

»Na, die hier neben mir sitzt«, entgegnet er unwillig.

Anne kichert erneut. Mir wird klar: Er hat keine Ahnung.

Gott sei Dank. Ich beiße mir auf die Lippen.

Aber wie sollte er auch auf so eine absurde Idee kommen, dass diese Anne Frank jene Anne Frank ist …

Haile weicht den größeren Städten aus, um Staus zu vermeiden.

Anne plaudert während der ganzen Reise mit dem Fahrer, lacht, guckt aus dem Fenster, weist auf das hin, was sie sieht. Ich habe ein Buch aus der Tasche gezogen, einen Krimi, den ich mir für die Reise gekauft habe, als Zeichen, dass ich nicht einbezogen werden möchte, halte Renus am Halsband fest und starre auf die Seiten, ohne wirklich zu lesen. Vielleicht ist es ganz gut, dass wir erst einmal aufs Land fahren. Es wird schwierig sein, ihr manche Dinge zu erklären. Die Mauer, die da gebaut wurde, zum Beispiel, und warum das geschehen ist.

An einer Raststätte halten wir, uns die Beine zu vertreten. Haile holt etwas zu trinken und irgendwelche Chips, die Anne mit Anfängerbegeisterung verschlingt.

Dann bebt die Erde.

Das Dröhnen schwillt an, kommt näher. Anne lässt ihre Chipstüte zu Boden fallen, klammert sich an mich. Der Hund schmiegt sich an unsere Beine. Man versteht sein eigenes Wort nicht mehr, geschweige denn das des anderen; denn Anne schreit etwas; wahrscheinlich fragt sie mich, was das ist, und sie starrt verstört auf die Straße.

Hinter der Wegbiegung taucht es auf. Eine Panzerkolonne. Sie fahren im Verbund, sechs oder acht staubgraue Ungetüme, auf und ab wippend über ihren stählernen Ketten, die Geschützrohre wie riesige Rüssel. Auf dem Turmkorb weht die Fahne Israels, der blauweiße Stern. In einer Wolke von Abgasen, die zum Husten reizen, passieren sie die Raststätte, rollen vorüber.

Der Lärm verhallt.

Anne sieht mich an, ihre Lippen zittern.

»Ich fürchte mich«, flüstert sie.

»Eigentlich«, ertönt Hailes Stimme hinter uns, und wir fahren herum, weil er so normal, so unaufgeregt klingt, »sollen die gerade verhindern, dass man sich fürchten muss.

Das sind Panzer des Zahal, der israelischen Verteidigungskräfte, angetreten zum Schutz des Landes.« Es ist eine Feststellung, und ich kann seinen Worten nicht entnehmen, ob er diese Demonstration von Macht billigt oder nicht – schließlich ist er selbst kein Bürger des Landes. Er spricht ja auch wohl kein Ivrit, kein Neuhebräisch, die gängige Amtssprache. Und wie studiert man da, was auch immer, ohne Sprachkenntnisse in einem fremden Land?, frage ich mich erneut.

»Wovor muss ich mich denn fürchten, dass ich so starken Schutz brauche?«, fragt Anne. Es hört sich kindlich an.

»Hm.«

Haile schiebt die im Staub liegenden Chips mit dem Fuß beiseite, wodurch Renus, wieder beruhigt, aufmerksam wird auf die »Beute« und sich darüber hermacht.

Mit einem rasch von einem Strauch abgebrochenen Stöckchen glättet der junge Mann ein Fleckchen Sand, zeichnet dann. Es entstehen grob die Umrisse des Staates, schmal wie ein Faustkeil, eingebettet zwischen Meer und Wüste, umgeben von anderen Ländern. »Siehst du«, sagt er lakonisch, »da oben ist der Libanon. Da seitlich Syrien und Jordanien. Da unten Ägypten. Und Saudi-Arabien gibt es auch noch. Das sind alles arabische Staaten. Und wenn man hier nicht aufpasst, versuchen sie mehr oder weniger massiv, die Juden ins Meer zu jagen.«

Anne sieht von einem zum anderen. Ich nicke. Ja, das habe ich ihr auch erklärt, mit den gleichen Worten.

»Aber«, wendet sie sich an mich, »du hast mir doch gesagt, dass die ganze Welt einverstanden war, hier den Judenstaat zu gründen.«

»Die halbe Welt«, unterbricht Haile.

»Und«, fährt Anne fort, »dann gab es diesen Krieg, und Israel war siegreich. Siegreich in allen Kriegen. Und noch hast du gesagt: Wir gehen einfach um den Krieg herum. Doch das eben – das hat mich sehr verstört. Diese Panzer – die rollen doch nicht zum Spaß durch die Gegend. Wird hier gekämpft?«

»Nein. Sie dienen der Abschreckung.« Das ist wieder Haile. »Das wird so weitergehen, Anne. Du wirst auf Konvois mit Soldaten stoßen und auf Straßensperren, wo junge Männer und Frauen stehen, bis an die Zähne bewaffnet, und alles kontrollieren, was auch nur arabisch aussieht.«

Er schlendert zurück zum Auto, öffnet einladend die Türen. Zum Glück hat der Wagen im Schatten gestanden. Wie steigen ein, schweigend. Anne ist die Lust, zu plaudern, vergangen.

»Wenn's recht ist, fahre ich einen kleinen Umweg«, sagt der junge Mann in meine Richtung. »Ich möchte Ihnen beiden was zeigen. Besonders dir, Anne.«

Die Fenster sind offen. Der Fahrtwind lässt unsere Augen tränen.

Und ich ahne schon, wohin er den kleinen japanischen Wagen lenken wird. –

Zunächst freilich durchqueren wir eine Landschaft, in der sich Kargheit und Üppigkeit abwechseln, steinig und schroff, sanft und begrünt bald hier, bald da.

»Was sind das für Bäume?«, fragt Anne und beugt sich aus dem Fenster. »Sie sehen aus wie – wie alte Leute.«

Haile lenkt den Wagen an den Straßenrand, hält. »Möchtest du sie ansehen? Du hast recht, wenn du sagst, sie sehen aus wie alte Leute. Einige von ihnen sind viele Hundert Jahre alt.«

»Wie heißen sie?«

»Es sind Ölbäume. Oliven, Anne.«

Sie steigt aus, wir mir ihr. Die Hitze umfängt uns wie ein großes Tuch. Einen Fächer müsste man haben, denke ich.

»Oliven, ja«, sagt Haile fast zärtlich. »Sie sind überall am Mittelmeer verbreitet. Schön sind sie nicht, aber wenn keiner Hand an sie legt und sie abschlägt, sind sie unsterblich. Unsterblich und immergrün.«

Er legt die Hand an das raue Holz eines Stammes und Anne tut es ihm nach. »Sie sind klein«, sagt sie erstaunt. »Manche wirken wie verkrüppelt. Und ihre Blätter werfen nur dünnen Schatten. Kein Baum, unter dem man sich ausruhen kann.« Sie lacht ein bisschen. »Ich hatte ein Buch mit jüdischen Sagen, da wurde der Ölbaum als der König aller Bäume bezeichnet. Da hatte ich ihn mir ganz anders vorgestellt.«

»Aber diese Blätter«, übernimmt Haile wieder, »gelten in vielen Ländern als Symbole für Frieden und Wohlstand. Auch in eurer europäischen Kultur.«

»Warum wohl? Weil dieser Baum so fruchtbar ist, weil aus seinen Früchten das Öl hergestellt wird?«

»Natürlich. Und weil er ein Zeichen für die Dauer ist. Um Oliven zu ernten, braucht man Zeit und Geduld. Der ihn gepflanzt hat, erlebt es meist nicht. Oft trägt der Baum seine Früchte erst für die nächste oder übernächste Generation. Er ist die Beständigkeit selbst. Er ist der Frieden.«

Mit Staunen lausche ich diesen Worten, die beinah eine poetische Beschwörung darstellen. Worte, die ich Haile nicht zugetraut hätte. Also so redet man, wenn man… Praktische Philosophie studiert. Oder?

Anne lächelt verträumt. »Du hast mir etwas sehr Schönes gezeigt.« –

Das Nächste, was wir zu sehen bekommen, ist weniger schön.

Die Mauer. Wie ich es schon geahnt habe.

Fassungslos stehen Anne und ich vor dem fast drei Meter hohen Betonwall, der sich bis ans Ende der Welt zu dehnen scheint.

Der Hund tut das Beste: Er beschnüffelt das abweisende Gebilde und hebt dann – in diesem Fall löblich – das Bein.

»So«, sagt Haile lakonisch. »Hier Juden. Da drüben Araber.«

Anne sucht nach Worten. »Warum? Warum tut man so etwas? Wie sollen sie sich da jemals vertragen, sich jemals die Hände reichen?«

»Das will gar keiner!«, entgegnet er und verschränkt die Arme vor der Brust. Fast herausfordernd sieht er uns an.

»Und Sie sind damit einverstanden?«, frage ich beklommen.

»Ob ich damit einverstanden bin, spielt keine Rolle. Es musste sein.«

Ich schüttele den Kopf. »Haile«, sage ich, »Sie sind kein Israeli. Wie kommt es, dass Sie so ein Monster wie diese Mauer genauso vehement verteidigen wie vorhin die Panzerkolonne?«

»Nein, ich bin kein Israeli«, entgegnet er. »Aber ich habe viele Freunde in diesem Land, und seit ich hier studiere, habe hier auch zu tun. Man muss sich durchschlagen.

Ich werde erzählen, was ich selbst erlebt habe. Ich hatte mich mit meinem Freund Jonathan in einem Café in Haifa verabredet. Es war eine zwanglose Verabredung unter Freunden. Er ist – er war – ein paar Jahre älter als ich und hatte zwei kleine Töchter, die er mitgebracht hatte zum Eisessen. Wir waren vergnügt.

Eine verschleierte Araberin betrat das Lokal. Sie hielt ein schlafendes Baby auf dem Arm. Die Töchter meines Freundes bewunderten das Kind. Es war so süß! Und schlief ganz fest.

Der Himmel weiß, was mich überkam, dass ich noch einmal zu unserem Auto gehen musste. Ich hatte plötzlich das Gefühl, ich hätte falsch geparkt, und da draußen lief gerade eine Streife der Verkehrspolizei vorüber.

Gut, also ich suchte mir eine andere Parklücke. Während ich ausstieg und den Wagen abschloss, hörte ich die Explosion.

Ich lief, so rasch ich konnte. Dann hörte ich das Geschrei und sah von Weitem die Staubwolke.

Es gab kein Café mehr, nur einen gähnenden schwarzen Krater und seltsame Fetzen, die ich nicht näher ansehen konnte, weil mir übel wurde.

Diese Fetzen, das waren die Überreste meines Freundes Jonathan und seiner beiden kleinen Töchter, vermischt mit denen des Caféhausbesitzers und der Kellnerin. Und die der Araberin natürlich, die den Sprengstoffgürtel um den Leib getragen hatte, mitsamt dem süßen Baby. Die Reste ihrer Leiber waren nicht auseinanderzuhalten.

Mit dem Unterschied jedoch, dass die toten Juden einfach bloß tote Juden waren und die Mutter mit ihrem Kind bestimmt nun schon in Allahs Paradies angekommen war – denn das wird den Attentätern ja hoch und heilig versprochen.«

Er schnieft heftig durch die Nase, sieht das Entsetzen in Annes Augen.

»Sie waren überall. Du konntest deines Lebens nicht mehr sicher sein. Auf der Post, im Bus, im Supermarkt. Man traute sich kaum noch aus dem Haus. Dann wurde diese Mauer gebaut und man hat die Grenzkontrollen verschärft. Seitdem ist zumindest diese Plage eingedämmt.«

»Allmächtiger!«, murmelt Anne. Sie sieht Haile nicht an.

»Kommt, steigt ein«, sagt er schroff.

Wir folgen der Aufforderung, aber Anne setzt sich nicht nach vorn auf den Beifahrersitz, sondern quetscht sich hinten zu mir und Renus auf die Rückbank. Ich spüre: Nach dieser entsetzlichen Geschichte braucht sie jemanden, an den sie sich anschmiegen kann.

Schließlich vergräbt sie die Erschütterung im Schlaf.

In Schweigen geht die Fahrt zu Ende.

Haile vorn am Steuer ist nur mit der Straße beschäftigt, sein Rücken ist sehr gerade.

Renus, zusammengerollt wie ein Igel zwischen uns, zuckt mit den Pfoten, bellt mit geschlossenem Maul – sicher gehen archaische Träume vom Jagen und Beutegreifen durch sein Hundegehirn.

Ich stütze meinen Kopf in die Hand und mache mir Vorwürfe. Vielleicht hätte ich zuvor Anne vertraut machen müssen mit den Formen des Hasses und des Fanatismus, mit denen Israel konfrontiert wird. Auf eine behutsamere Art, als es der junge Mann getan hat. Allerdings, in seiner Betroffenheit konnte er wohl nicht anders handeln, musste über das Erlebnis sprechen, sicher nicht zum ersten Mal –

dieser Freund aus dem Club, der Pässe besorgen kann und in Geschäften unterwegs ist, von Praktischer Philosophie spricht und bei Ölbäumen ins Schwärmen gerät. Ich starre auf seinen Nacken, auf seinen Lockenwust, während der Fahrtwind Annes dunkle Haarsträhnen vor meinem Gesicht flattern lässt.

Immer wieder überholen wir Armee-Konvois. Viel Militär ist unterwegs in unserer Richtung. Stets bleiben wir auf der großen Straße, Ortschaften umgehen wir.

Wir fahren vorbei an üppig grünenden Obstplantagen, Orangen, Aprikosen, Datteln und Äpfel leuchten aus dem Laub hervor. Noch mehr ehrwürdige Olivenhaine breiten ihren dünnen Schatten aus.

Das Land ist ein blühender Garten. Woher kommt das Wasser in diesem Wüstenland?

Nach einer Zeit, die ich nicht benennen kann, biegen wir ab vom befestigten Weg. Rough road. Tiefe Schlaglöcher, Geröll, Steinbrocken. Wir fahren bergan.

Das Gerüttel und Geschüttel weckt Anne auf. Sie hebt den Kopf, reibt sich den Schlaf aus den Augen, blickt aus dem Fenster.

»Man kann ganz weit sehen!« Ihre Stimme klingt träumerisch. Der Schlaf hat die Erinnerung an die schreckliche Geschichte, die sie gehört hat, wohl ausgelöscht für den Augenblick.

Wir umrunden einen Felsvorsprung. Vor uns breitet sich ein mit verwelktem Gras bewachsenes Hochplateau aus, darauf eine Hütte, ein kleines Haus mit einem Terrassenvorbau.

Haile hält. Wir sind da, steigen aus.

Ja, man kann ganz weit sehen. Unten im Tal ein paar

Gehöfte, wahrscheinlich einer landwirtschaftliche Kooperative, ein Kibbuz, wie sie zur Zeit der Gründung Israels weit verbreitet waren im Land. Zur Rechten bewaldete Hügel. Zur Linken, hinter Grün und Grün in verschiedenen Schattierungen, glänzt als schmaler Streifen das Mittelmeer.

Es ist sehr schön hier oben.

Haile ist vorausgegangen, er hat ein Schlüsselbund aus der Hosentasche gezogen, schließt auf, bittet uns herein. Nur ich folge seiner Aufforderung. Anne steht auf der Terrasse, angelehnt an eine Strebe, und starrt hinaus ins Land.

(Renus trollt sich, die Gegend zu erkunden.)

Haile klappert ungeduldig mit seinen Schlüsseln.

»Erklär mir, was du zu erklären hast«, sage ich. »Der praktische Teil ist ohnehin meiner. Ich kümmere mich um Essen und Trinken.«

Er nickt.

»Der Kühlschrank ist gefüllt. Da steht der Wein und dort die Kanister mit Trinkwasser. Da ist ein Herd, wie du siehst, die Gasflaschen sind voll. Strom habt ihr auch, der Generator ist in Betrieb. Ihr könnt Filme gucken, da ist ein kleines Archiv. So, du siehst ja, da sind drei Räume. Teilt sie unter euch auf, wie ihr wollt. Ich fahre dann zurück. Ach, übrigens, Handy funktioniert hier nicht. Kein Netz.«

»Für wie lange willst du uns hier … abladen?«, frage ich noch einmal nach, denn gerade ist mir klar geworden, dass man hier, abgeschnitten von der Außenwelt, verraten und verkauft ist, falls es ihm beliebt, nicht so bald wiederzukommen.

Er lächelt. »Keine Sorge. Wie gesagt: In zwei, höchstens drei Tagen bin ich wieder hier. Vielleicht auch eher. Außerdem nehme ich Verbindung zum Landowner auf. Vielleicht kommt er vorbei.«

»Wer oder was ist der Landowner?«

Haile macht eine umfassende Bewegung. »Die Hütte gehört ihm. Und das Land ringsum hat er gepachtet. Er ist es, der hier Rinder züchtet. Landowner ist eine scherzhafte Bezeichnung. Hier in Israel gehört aller Grund und Boden dem Staat.« Er wirft einen Blick nach draußen, zu der rot gekleideten Gestalt, die da am Pfosten lehnt und hinausstarrt: »Sie ist sehr empfindlich, nicht wahr?«

Er spricht halblaut.

»Sie hat Dinge erlebt, die du dir nicht vorstellen kannst«, erwidere ich und bin froh, dass er nur nickt und nicht nachfragt.

»Ich mag sie sehr, sehr gern«, fährt er fort, immer noch mit gesenkter Stimme. »Und es macht mir Freude, euch hier herumzuführen.«

»Anne ist ein besonderes Mädchen«, sage ich.

Er nickt wieder.

»Pass auf sie auf!«

»Soweit sie es zulässt, ja«, erwidere ich.

Er lächelt.

Dann geht er nach draußen, legt von hinten den Arm um Anne. Sie wendet sich zu ihm um, und sie küssen sich, bevor er zu seinem Wagen geht. Ich höre, wie er startet, und bin ein bisschen froh. –

Der »Landowner« taucht bereits am nächsten Tag auf, während wir beiden, Anne und ich, auf der Terrasse sitzen und Kaffee trinken. Sein Pickup kommt mit Getöse den beschwerlichen Weg zur Hütte hoch, man hört ihn schon von Weitem.

»Wie es aussieht, bekommen wir Besuch!«, sage ich, und Anne reckt neugierig den Hals.

Unser Besucher, ein grauhaariger Israeli, stämmige Gestalt, offenes, gebräuntes Gesicht mit schönen dunklen Augen, stellt sich als Ari vor und lädt uns kurzerhand zu einer Spazierfahrt ein. Um Galiläa, die Gegend, in die wir gebracht wurden, kennenzulernen. Den Jordan. Den See Kinnereth.

»Kinnereth?«, fragt Anne, und ich übersetze. »Genezareth!«

Damit kann sie etwas anfangen. »Der See, über den Jesus zu Fuß gegangen ist! Und der Jordan, in dem er sich taufen ließ!«

»Für eine Jüdin bist du gut bewandert im Neuen Testament der Christen!«, grinst Ari, und Anne errötet. »Pim, also mein Vater, hat es mir geschenkt, damit ich … weil es zur Bildung gehört«, sagt sie entschuldigend und blickt mich an. Ich nicke, sie hat es auch mir berichtet.

Dann läuft sie voraus zu dem Geländefahrzeug, das grau überpudert ist von Staub. »Darf ich – darf ich da stehen und ins Land gucken?« Sie zeigt auf die Ladefläche.

Ari schmunzelt. »Aber nur, bis wir zur Hauptstraße kommen. Dann musst du nach drinnen in die Fahrerkabine.« Er hilft meiner Freundin nach oben, dann wendet er sich mir zu. »Du fährst sicher lieber gleich im Inneren, oder?«

In der englischen Umgangssprache gibt es ja keine Unterscheidung zwischen »Sie« und »Du«. Trotzdem habe ich das Gefühl, dass er mich gleich vertraut mit Du anspricht, während es sich bei Haile immer nach dem respektvollen Sie anhört.

Ich stimme ihm zu, und während wir anfahren, höre ich meine 85-Jährige quietschen vor Vergnügen, wie das Kind, das sie ja auch ist.

Übrigens, Renus hat uns trotz mehrfacher Einladung die Gefolgschaft verweigert. Grund ist eine weiße Schäferhündin, die hier herumsteift. Zuerst hat sie Anne auf einem Hundespaziergang von fern begleitet, wurde schnell zutraulicher, ließ sich streicheln und von Renus beschnuppern. Der gestattete ihr bereitwillig, sich von seinem Futter zu bedienen.

Anne war begeistert und gönnt Renus den »kleinen Flirt«, wie sie es nennt.

Wie es meistens so ist: Die großen Erwartungen werden enttäuscht. Der See Kinnereth erweist sich jetzt im Hochsommer als flach; seine Ufer entblößen zum Teil den Grund. Ari berichtet ungerührt, dass mit großen Pumpen Wasser aus dem See entnommen wird, um die Plantagen zu bewässern und seine Rinderherden zu tränken.

»Aber das ist doch ein heiliger See!«

Annes Einwand nötigt unserem Führer nur ein Achselzucken ab. »Was heißt hier heilig? Man muss leben!«

Auch der Jordan ist nicht das, was man sich vorstellt, zumindest an der Stelle, wo wir ihn überqueren – nur ein schmaler bräunlicher Fluss zwischen mannshohem Schilf.

Viel mehr beeindrucken Anne die sanften grauen Rinder – Aris Rinder –, die hin und wieder gemächlich unseren Weg überqueren. Überall sind Warnschilder aufgestellt.

Und dann ist da eine Grenze. Wir fahren eigentlich nur an Grenzen entlang. Das Land ist an dieser Stelle nur ein paar Kilometer breit. Auf der einen Seite der Libanon, die Hauptstadt Beirut kann man fast mit Händen greifen, dort die Golan-Höhen auf syrischem Gebiet, bequeme Position, Raketen auf die landwirtschaftlichen Genossenschaften Israels abzufeuern. Stacheldraht, selten ein streng bewachter Durchgang. Die Soldaten, behangen mit ihren schweren Waffen, grüßen fröhlich lächelnd. Ari ist bekannt.

»Lange bevor ich die Sache mit den Rindern anfing, habe ich in einem Kibbuz gearbeitet, direkt hier unter den Golanhöhen. Die Hitze war mörderisch, noch mörderischer der tägliche Raketenbeschuss. Er hatte aber ein Gutes: Die meiste Zeit verbrachten wir im Luftschutzkeller, und da war es schön kühl.«

Er bricht in Gelächter aus; wir beiden können nicht so recht einstimmen in diese Art von zynischen Humor.

Der Tag endet mit einem Abendessen in einem Restaurant im orientalischen Stil, mit vielen Vorspeisentellern und einem Fisch aus dem See, man nennt ihn Petrusfisch.

Mit zweien dieser Fische und fünf Broten (oder war es umgekehrt?) soll Jesus eine Riesenmenge Menschen gespeist haben, erinnere ich mich, aber da ich auch nicht mehr so genau weiß, wie groß diese Menge war, schweige ich lieber. Ist ja auch keine jüdische Geschichte.

Annes Appetit ist wie immer großartig.

Zum Nachtisch gibt es Erdbeeren,

»Willst du sie mit Zucker?«, fragt Ari.

Auf mein Nicken hin erhebt er sich, um Zucker zu ordern.

»Für mich auf keinen Fall! Weißt du«, sagt Anne leise, »einmal hatten wir im Hinterhaus einen großen Korb voller Erdbeeren geschenkt bekommen. Wir haben davon Marmelade gekocht – aber die Hälfte ist bei uns gleich in den Mund gewandert. Die waren so süß … so süß wie diese hier.«

Nichts an dieser Erinnerung scheint sie zu quälen. –

Es war ein schöner Abend. Doch er soll es nicht bleiben.

Wir fahren in der Dämmerung zurück zur Hütte. Eine leuchtende Röte steht am Himmel. Bevor wir von der offiziellen Landstraße abbiegen, bittet Anne, wieder auf die Ladefläche des Pick-up steigen zu dürfen. Aber wir sind noch keine hundert Meter vom Haus entfernt, als ihre Fäuste einen Trommelwirbel auf dem Dach der Fahrerkabine vollführen.

Ari hält, öffnet die Tür. Wir steigen aus. Anne ist bereits abgesprungen. Entgeistert starrt sie zum Himmel. »Da! Da! Was ist das?«

Das Firmament scheint plötzlich zu erbeben. Mit ohrenbetäubendem Donner fegt ein Düsenjet im Tiefflug über uns hin. Dann ein zweiter und ein dritter. Sie bilden eine Formation, machen einen Bogen und verschwinden wieder dort, wo sie hergekommen sind.

Anne hält sich die Ohren zu, drängt sich dicht an mich. Sie zittert.

»Hast du noch nie einen Kampfflieger gesehen?« Ari ist bei uns, fasst sie sanft an die Schulter, zieht ihre Hände herunter. Sie schüttelt den Kopf, ihre Augen sind dunkel vor Entsetzen.

»Wir sind doch auch geflogen!«, versuche ich, den Boden zu bereiten.

»Aber nicht mit so einem Teufelsding! Es versetzt Menschen und Tiere in Angst und Schrecken. Warum muss das so sein? So laut? So bedrohlich? So – unmenschlich?«

»Das ist moderne Kriegstechnik«, sagt Ari ruhig. »So schützen wir unsere Grenzen. Eine Patrouille.«

»Mir haben die Bomber im Krieg gereicht!« Anne schreit es fast. Sie löst sich von uns, läuft auf das Haus zu. Der Weg ist nicht mehr weit. Renus kommt ihr schweifwedelnd entgegen; er hat den Lärmschock offenbar ganz gut überstanden.

»Von was für einem Krieg spricht sie?«, fragt Ari stirnrunzelnd.

Ich lasse die Frage unbeantwortet und er geht auch nicht weiter darauf ein.

»Ihr seid hier im Grenzgebiet. Da werden sie euch über kurz oder lang mal wieder überfliegen. Sag ihr, sie soll keine solche Panik haben.« Er sieht mich forschend an. »Das Mädchen ist sehr empfindlich, nicht wahr?«

»Ja, das ist sie wohl«, erwidere ich einsilbig.

»Um sie ist etwas Besonderes, stimmt's?«

Ich zucke die Achseln.

»Nun gut. Dann einen schönen Abend.«

»Danke für den Ausflug.«

»War mir eine Ehre. Mein Freund Haile hat mich einfach gebeten, und es war mir eine Freude, euch beide kennen zu lernen.«

Wir stehen immer noch neben seinem Pick-up. »Ich fahr dich hinauf bis oben.«

Ich winke ab. »Die paar Schritte!« Dann gebe ich mir einen Ruck. Die Frage liegt mir auf der Zungenspitze. »Und Haile – um ihn ist doch auch etwas Besonderes, oder?«

Ari scheint überrascht. »Haile? Nun ja.«

»Was macht er eigentlich?«

»Er arbeitet als Kurier. Ist mal hier, mal da. Vermittelt Dinge. Ein Globetrotter eben. Vielseitig verwendbar.«

»Er hat mir gesagt, er studiert. Praktische Philosophie.«

Ari sieht mich an. »Das auch«, sagt er und dann geht er mit mir ein paar Schritte auf und ab, erzählt vertraulich: »Haile wurde von seinen schwerreichen Eltern, Stammesfürsten der Tigrai, zum Jurastudium nach Jerusalem geschickt. Das hat er bald an den Nagel gehängt. Rechtsstudium? Unrechtsstudium hat er es genannt. Seine Eltern haben ihm den Geldhahn zugedreht. Nun stand er da.« Er macht eine Pause. »Hast du schon mal was von Avaaz gehört?«

Ich schüttele den Kopf.

»Nicht? Das wundert mich. Avaaz ist eine weltweite Bewegung, die Bürger und Bürgerinnen aller Länder aktiviert, mit ihren Stimmen an Petitionen teilzunehmen – gegen Hunger, gegen Krieg, gegen Armut und Korruption. Sie arbeiten mit dem Internet. Und sie sind an vielen Fronten erfolgreich. Vom Europa-Rat bis zu den einzelnen Länderparlamenten nehmen sie Einfluss; man kann eine solche Stimmenmenge schlecht ignorieren. Mach dich mal kundig. Nun, Haile ist ein Aktivist von Avaaz. Und eine solche Organisation braucht Gelder, braucht Quellen … Haile hat da manchmal die Hand im Spiel …«

Er lacht und zwinkert mir zu. Dann steigt er ein, winkt zum Abschied mit der Hand und wendet; meterweit spritzen Kies und Geröll.

Pässe beschaffen scheint dazuzugehören, denke ich, während ich zur Hütte hochgehe. Ein Bursche im Zwielicht.

Nein, das klingt zu negativ. Einer, der die Welt ein bisschen besser machen will, das wohl eher. Mit unkonventionellen, neuen Methoden – aber ein liebenswürdiger Bursche …

Ich finde Anne auf ihrem Bett liegend, Renus im Arm, die Decke über die Ohren gezogen. Als ich sie berühre, fährt sie auf.

»Panzer! Kampfflieger!« Ihre Stimme ist voller Zorn. »So hatte ich mir die Welt nicht gedacht, die Welt, in der wir jetzt leben. Ich hätte nicht gedacht, dass sich die Juden zu einem … einem Kriegervolk wandeln müssen. Waren wir nicht immer die ›Leute des Buches‹, die mit dem Köpfchen, die …, ach, und nun … Der Judenstaat muss um sein Überleben fürchten.« Sie sagt es als eine bittere Feststellung.

»Weißt du«, versuche ich sie zu beruhigen. »Das ist die eine Seite, und die ist schlimm genug. Aber es gibt auch die andere. Das Land ist nun einmal da und blüht und gedeiht, es bringt Dinge hervor, die für die Welt wichtig sind, es ist führend auf vielen Gebieten modernster Technik, ist tätig in der Weltraumforschung, es hat großartige Universitäten und Künstler und …«

Anne winkt ab. »Ja, ja«, erwidert sie müde. »Du musst mir nicht zureden. Es ist nur alles so ganz, ganz anders auf dieser Welt, als ich es mir vorgestellt habe. Damals. Als ich noch ein Tagebuch schrieb. Übrigens, du hast mir gesagt, ich sei so sicher wie in Abrahams Schoß.«

»Bist du auch!«, entgegne ich, aber ein bisschen mulmig ist mir dabei schon.

Der nächste Tag überrascht uns mit einer Besonderheit.

Es regnet. Es regnet in Schnüren, es gießt. Gleichzeitig stürzt die Temperatur in Regionen, die man in Deutschland wohl immer noch für angenehm halten würde, aber hier empfindet man es einfach als kalt.

Ich erinnere mich, irgendwo gelesen zu haben, dass es im Bergland von Galiläa zu solchen Wetterstürzen kommen kann, aber dass es so wild ist, überrascht mich doch.

Anne und ich sitzen auf der Terrasse und gucken in die grau verschleierte Landschaft hinaus, atmen die Kühle.

»Regenwetter!«, sagt sie leise. »Wie lange ist das her, dass ich Regen auf meiner Haut spüren konnte. Das muss ja vor der Prinsengracht gewesen sein, vorm Versteck.«

Sie steht auf und geht die Stufen hinunter auf den Vorplatz.

Im Nu ist ihr rotes Kleid dunkel vor Feuchtigkeit an Schultern und Armen.

»Anne, was machst du? Du hast nichts zum Wechseln!«

»Ach, das trocknet ganz schnell, wenn die Sonne wieder scheint!«

Da hat sie zwar recht, aber im Augenblick ist keine Sonne da, und wer weiß, wann sie sich sehen lässt.

Ich ziehe sie nach drinnen. Ihr Kleid ist zum Auswringen. In ihrer kindlichen Unterwäsche, dem weißen Achselhemdchen, sitzt sie da, schmal und schlank, fünfzehn Jahre alt. Eigentlich.

»Du darfst dich nicht erkälten!«, sage ich.

Sie zieht die Brauen hoch, legt den Kopf schief. »Meinst du, das geht überhaupt? In meiner … Dimension?«

»Ja, das weiß ich auch nicht«, erwidere ich. »Aber wir sollten es vielleicht nicht darauf ankommen lassen.«

Wir lachen beide. Sie reibt sich das Haar trocken, und ich hänge ihr eine der leichten hellen Steppdecken um die Schultern, die hier auf den Betten liegen.

»Bleib jetzt drin!«, ermahne ich sie. »Ich koche uns einen Tee, das ist das Richtige für einen Regentag.«

Als ich mit den beiden Teetassen an den Fingern der linken Hand und der Kanne mit dem Tee in der Rechten zu ihr zurückkehre, bleibe ich wie angewurzelt stehen.

Sie sitzt am Tisch, die Decke um die Hüften geschlungen, und eines jener Moleskine-Notizbücher aufgeschlagen vor ihr, den Füllfederhalter in der Hand.

Anne Frank schreibt.

Sie blickt auf; ihre Augen sind dunkel wie Wein, unergründlich. Ihre Stirn ist gerunzelt. Sie sieht mich und sieht mich nicht.

Nach einer Weile sagt sie mit ihrer klangvollen Schauspielerinnenstimme: »Danke, Corelli. Ich möchte jetzt keinen Tee.«

Ich drehe mich um und verlasse das Zimmer, trinke meinen Tee allein in der kleinen Küche.

Sie schreibt.

Mein Herz schlägt hoch oben im Hals.

Wird es irgendwann außer dem Tagebuch – weitere Werke von Anne Frank geben?

Ob sie mir jemals zeigt, was sie da zu Papier bringt?

Ich bewege mich auf Zehenspitzen durch die Hütte, bin wieder draußen auf der Terrasse, sehe in den abflauenden Regen, der streifig über das weite Land zieht. Dunst steigt auf, Nebel. Es duftet nach Grün.

Renus erscheint neben mir, hebt den Kopf, zieht die Luft ein. Ob er wohl irgendwo seine weiße Freundin wittert? Jedenfalls trollt er sich in Richtung Tal – ein freies Wesen.

Ich traue mich nicht, Anne anzusprechen. Scheue mich, sie zu stören.

Was wird sie schreiben? Wieder so eine kleine schöne Geschichte, wie die über die Rettung der Falascha? Oder über den Schrecken, den ihr die Jagdflieger der israelischen Armee eingeflößt haben? Oder: Beginnt sie ein neues Tagebuch? Bei dem Gedanken wird mir heiß. Ich erinnere mich an eine Szene im Buch ihrer Vertrauten Miep Gies. Sie überraschte Anne vor ihrem Tagebuch und die erklärte ihr: »Ich schreibe auch über dich.« Und es klang in Mieps Ohren fast drohend. Sie erzählte später, dass sie nichts weiter herausbrachte als »Das ist ja schön«.

Mir jedenfalls wäre unbehaglich zumute, wenn ich auf den Seiten der »neuen Anne Frank« auftauchen würde. Als was denn?

Als ihre Helferin? Ihre Mentorin?

Es dämmert.

Hinter meinem Rücken eine Bewegung. Anne, so sehe ich, ist da im Raum aufgestanden – aber nur, um das Licht einzuschalten. Dann setzt sie sich wieder an den Tisch, um weiterzuarbeiten.

Ich gehe zu Bett.

Seltsame Träume verfolgen mich. Die Jets rasen durch meinen Schlaf und auf den nahen Bergen – in meinem Traum sind es die Golan-Höhen – flackern Feuer wie Irrlichter.

Die Sonne weckt mich. Es ist schon wieder ziemlich heiß. Anne in ihrem Zimmer schläft noch, den Kopf in den Armen verborgen. Ich weiß nicht, wie lange sie gestern Abend gearbeitet hat. Das Buch liegt auf dem Tisch, aber es wäre schäbig, die Situation auszunutzen und darin zu blättern.

Ich hänge ihr Kleid, damit es völlig trocknet, nach draußen auf die Terrasse und mache Kaffee.

Der Duft weckt sie. Sie richtet sich auf, reibt sich wie immer die Augen, lächelt mich freundlich an. Ich hüte mich, auf den gestrigen Tag einzugehen, auf den Schrecken der Kampfflugzeuge, bringe ihr eine Tasse Kaffee ans Bett; dazu – das Brot ist uns ausgegangen – eine Schüssel mit Humus, dem aromatischen Püree aus Kichererbsen, geröstetem Sesam und Olivenöl, das hier sozusagen ein Grundnahrungsmittel ist. Sie löffelt mit Begeisterung.

Plötzlich sagt sie: »Wo ist Renus?«

Renus ist von seinem Ausflug gestern nicht zurückgekehrt, die Faszination der weißen Hündin ist wohl allzu groß.

Das Kleid ist trocken. Wir beschließen, einen Ausflug in die frisch gewaschene Welt zu machen und nach dem Rüden Ausschau zu halten.

Alles ist wunderschön. Die Ginsterbüsche am Weg und die Mohnblüten am Rain tragen noch die letzten Regentropfen auf ihren Blütenblättern und jetzt ist auch ein angenehmer Wind aufgekommen. Aber der Weg, den wir ins Gelände nehmen!

Staub und Geröll haben sich zu einer üppigen, klebrigen, rötlichen Masse vereint, fruchtbare Erde sicher, wären da nicht die Steine dazwischen. Und die Pfützen …

Fakt ist, wir kommen nicht weit. Wir bleiben einfach stecken. Annes bordeauxrote Absatzschuhe sind bis zur Unkenntlichkeit verschmutzt, wir sinken an manchen Stellen fast bis zum Knöchel ein.

Es geht nicht. Wir müssen umkehren.

Die Hände als Trichter vorm Mund, rufe ich ein paar Mal den Namen des Hundes, aber Anne winkt ab. »Lass nur. Der weiß doch gar nicht, wie er jetzt heißt. So schnell lernt ein Hund das nicht. Der hat immer nur auf ›Komm mal her‹ reagiert. Er würde auf Devil hören, aber so mag ich ihn nicht nennen.«

Sie pfeift auf den Fingern – ich wusste gar nicht, dass sie das kann. Als ich ihr das sage, lacht sie, zeigt ihre Wangengrübchen. »Das ist aus meiner Kinderzeit. Oder meinst du, im Hinterhaus wäre es angebracht gewesen, zu pfeifen?«

Aber auch ihre Pfiffe locken den Hund nicht an.

»Vielleicht haben wir ihn verloren«, sagt sie nachdenklich.

Ich bin betroffen. »Würdest du traurig sein?«

Sie zuckt die Achseln. »Ich weiß nicht. Wenn er hier glücklich ist, wenn die Leute ihn annehmen …«

Dann sitzen wir an den Stufen der Terrasse und versuchen, unsere Schuhe zu säubern; meine glatten schwarzen Treter sind abwaschbar, aber die Schuhe von Anne? Das sieht wirklich aussichtslos aus.

In dieser Situation trifft uns Haile an, dessen kleines Auto sich mit einiger Mühe durch den Morast zu uns hoch quält – Anne läuft ihm barfuß entgegen, fällt ihm um den Hals, fröhlich wie ein Kind. Er wirbelt sie herum, küsst sie.

Lachend begrüßt er auch mich.

»Ihr habt euch leichtsinnig verhalten! Nach einem Regen muss man hierzulande warten, bis alles abgetrocknet ist. Guckt euch mein Auto an!«

Der Wagen ist schlammbespritzt bis über die Kotflügel.

Anne greift ihre verdorbenen Schuhe, hält sie komisch-tragisch hoch: »Meine Lieblingsschuhe! Das heißt, meine einzigen! Was soll nun werden?«

Haile zögert einen Moment. Dann sagt er: »Wir fahren in die nächste kleine Stadt. Das ist Nahariya. Wir kaufen dir neue Schuhe. Und was anderes zum Anziehen. Das hier«, er streift das Kleid mit einem Blick, »das stammt aus einem anderen Leben.«

Und ich bin betroffen, wie genau diese seine Worte der Situation entsprechen.

»Willst du mitkommen, Corelli?«

Ich verneine. Vielleicht kommt Renus ja zurück. Dann sollte wer da sein. Eigentlich will ich den beiden eine Gelegenheit bieten, allein zu sein.

Als das Auto sich den Berg heruntergequält hat, gehe ich nachdenklich ins Haus zurück. Jetzt könnte ich das Notizbuch aufschlagen und sehen, was sie geschrieben hat, falls ich mich denn traue; und ich weiß, dass das nicht rechtens wäre.

Aber dann durchfährt mich ein Schreck.

Da liegt kein Moleskine-Buch mehr auf dem Tisch. Sie muss es an sich genommen haben –, aber wann? Ich kann mich nicht entsinnen, dass sie vor der Abfahrt noch einmal ins Haus gegangen ist – und da lag es meiner Meinung nach noch da.

Jedenfalls, es ist weg. Einerseits bin ich erleichtert, dass so die Versuchung nicht mehr vor meinen Augen ausgebreitet liegt, aber andererseits bewegt mich der Vorgang sehr. Hat sie geahnt, dass ich begierig war, einen Blick hineinzuwerfen, und hat es deshalb entfernt?

Es ist müßig, darüber zu grübeln.

Wie dem auch sei: Ich bin verunsichert und kann nicht einmal sagen, wieso. –

Erneutes Motorengeräusch. Kommen sie schon zurück? Aber nein, das hört sich anders an. Ein anderer hochrädriger Geländewagen rollt schwungvoll auf den Vorplatz. Ari, der Landowner und Rinderzüchter, verfügt offenbar über einen größeren Fuhrpark.

Er begrüßt mich fröhlich. Aber irgendwie erscheint er mir hektisch zu sein, seine Fröhlichkeit nur aufgesetzt.

»Ich habe die beiden unterwegs getroffen«, sprudelt er hervor. »Auf geht's! Wenn sie wieder da sind von ihrem Einkauf, übernehme ich eure weitere Reise. Hast du viel zu packen? Hailes kleiner Japaner bleibt hier einfach stehen solange. Mit mir reist ihr bequemer.«

Er scheint es eilig zu haben.

»Aber«, sage ich verwirrt, »unser Hund… Annes Hund?«

Ari winkt ab. (Er ist nach drinnen gegangen und braut sich ungefragt einen Kaffee, was ihm als Hausherrn ja auch zusteht, und ich bin ihm gefolgt.)

»Euer Hund hat eine Braut gefunden, meine weiße Hündin Rahab. Ja, sie gehört mir. Ich schlage euch vor: Lasst ihn hier. Besser kann er es nicht treffen. Er ist frei auf diesem meinem Gelände und wird trotzdem umsorgt. Seine Bindung zu Anne ist ja erst neu« (woher weiß er das?), »und offenbar ist die Leidenschaft für die Hundedame stärker als die Anhänglichkeit an seine Herrin.«

»Ob Anne das will?«

»Oh«, sagt er, während er seinen Kaffee mit Kardamom und reichlich Zucker veredelt, »ich denke, sie wird das verstehen. Mir kommt sie vor wie eine Person, die sehr viel von Freiheit hält.«

Dieser Ari ist ein kluger Mann. Ich finde es angenehm, mit ihm weiterzureisen.

Er trinkt seinen Kaffee aus, inspiziert (in Gummistiefeln!) die Außenanlagen des Häuschens, Stromaggregat, Gasflaschen, Wasserpumpe. Dann zieht er sein Handy und stürzt sich in endlose Telefongespräche, bei denen er gestikulierend auf der Terrasse auf und ab läuft.

Ich krame unsere paar Sachen zusammen und setze mich mit dem gleichen Buch hin, über dessen Seiten meine Augen schon einmal hinweggeglitten sind, ohne zu lesen. Lektüre ist auf dieser Reise irgendwie nicht angesagt, dazu ist alles viel zu aufregend.

Der nächste Schreck – oder Schock – lässt auch nicht auf sich warten.

Hailes Auto kommt zurück.

So weit, so gut, aber dann: Die Beifahrertür öffnet sich und dem Wagen entsteigt ein fremdes Mädchen. Ein junge Israeli in Shorts und unter der Brust geknoteter Hemdbluse, an den Füßen feste Sandalen, von denen sie sich bei schlammigen Wegen einfach trennen kann. Überm lockigen Haar trägt sie ein kleines bunt gemustertes Tuch.

Anne in Gestalt einer Israeli.

»Nun?«, fragt sie und zeigt ihre Grübchen, den Kopf schelmisch zur Seite geneigt: »Wie gefalle ich dir?«

Ich muss nach Luft schnappen.

»Puh! Was für eine Metamorphose!«

Sie tänzelt auf ihren langen nackten weißen Beinen vor mir auf und ab. »Gefällt es dir nicht? Ist es nicht hübsch?«

»Du bist immer hübsch«, entgegne ich. »Aber man muss

sich erst dran gewöhnen. War es deine Idee oder die von Haile?«

»Von uns beiden. Schon bevor ich die Sandalen an den Füßen hatte, bei unserer Abfahrt, war uns klar, dass ich dazu nicht mit dem …«, sie sucht nach dem Wort, »Vintage-Kleid herumlaufen kann. So kam eins zum anderen.«

Die beiden Männer amüsieren sich sichtlich über meine Verwirrung.

»Und wo hast du das Kleid und die anderen Schuhe gelassen?«, frage ich.

»Och …«

Haile prustet los. »Sie hat alles verschenkt! Da war so ein Mädchen, eine kleine Araberin, glaube ich …«

»Oder eine Zigeunerin!«, ergänzt Anne, und ich fühle mich nicht bemüßigt, ihr zu sagen, die nennt man nicht mehr so …

»Ja, und der hat sie Kleid und Schuhe gegeben.«

»Sie hat mir die Hand geküsst! War mir das peinlich!«

»Aber diese Kleidungsstücke … Du hast sie in Amsterdam getragen …«

Sie sieht mich durchdringend an. »Das war gestern! Gut, dass es weg ist.«

Mir ist beklommen zumute. Nicht nur, wie leicht sie sich von der Vergangenheit getrennt hat. Die Vorstellung, dass ein anders Mädchen in Israel mit den Kleidern der Anne Frank am Leib herumläuft, befremdet mich, macht mich irgendwie bange. Irgendetwas gerät außer Kontrolle. Außer meiner Kontrolle.

Und dann ist da noch etwas. Ich sehe zu Ari, der noch immer erregt in sein Handy spricht, blicke von unserer Anhöhe herunter auf das Land und spüre plötzlich eine Art von Spannung, die mir weh tut. Etwas Ungutes ist im Entstehen.

Als zögen die Kampfjets immer noch ihre Kreise über uns am Himmel.

Anne akzeptiert sehr schnell, dass Renus sie tatsächlich verlassen hat. »Hauptsache, es geht ihm gut!«, sagt sie mit einem kleinen Seufzer.

Wir nehmen alle in Aris bequemem Fahrzeug Platz, ich beim Fahrer (der übrigens auch während der Fahrt beinah pausenlos sein Telefon am Ohr hat), das Pärchen – um es einmal so zu nennen – auf der Rückbank.

Ganz im Gegensatz zur Hinfahrt nutzt Ari bewusst die Stadtdurchfahrten, meidet die Umgehungsstraßen, fährt die Straße am Meer entlang, und hinter mir gibt Haile in halbem Flüsterton Erklärungen ab zu den Orten, durch die wir hindurchrauschen: Akko – Haifa – Netanya – Herzliya … Israel im Schnelldurchgang, wie mir scheint. Offenbar ist Tel Aviv das Ziel. Oder gleich Jerusalem? Ich werde es erfragen.

Die Route, auf der wir unterwegs sind, ist frei von Militärtransporten. Sehr angenehm das zumindest.

In einem der seltenen Momente, in denen Ari das Handy vom Ohr lässt, spreche ich ihn an: »Wohin geht die Reise eigentlich?«

Ari sieht mich von der Seite an und schnalzt mit der Zunge.

»Ja«, sagt er bedächtig, »das gilt es zu überlegen. Ich habe nämlich nicht nur mit Geschäftsfreunden telefoniert. Ich hab mir auch die Nachrichten aufs Handy geholt. Und da muss ich sagen: Die Lage sieht nicht sehr günstig aus.«

Meine Ahnung. Aber ich *will* nicht verstehen. »Welche Lage? Ich denke, wir machen hier eine Sightseeing-Tour.«

Es soll munter klingen. Ari geht auf den Ton ein.

»Eben. Und da sollte man sich gut überlegen, wohin man sich begibt.« Er klopft mit beiden Händen aufs Lenkrad, wie um ein Thema abzuschließen. »Mit einem Wort: Die Hamas hat mal wieder angefangen, im Süden Raketen auf uns abzufeuern. Vom Sinai aus.«

Mir stockt der Atem. Die Hamas, das ist die islamistische Terrororganisation in Palästina, jene, die damals diese verblendeten Selbstmordattentäter ins Land schickte. Hailes grässliche Geschichte … Und jetzt?

»Raketen? Auf militärische Ziele?«

Ari lacht kurz und bitter auf. »Da müssten sie die ja erst einmal kennen. Nein, nein, sie feuern einfach blind nach Israel hinein, um Angst und Schrecken zu verbreiten. Zum Glück haben wir ein hervorragendes Raketenabwehrsystem.«

»Das glaube ich unbesehen«, sage ich. »Aber wieso im Süden? Die Golanhöhen, von denen du mir erzählt hast – wo du im Kibbuz gearbeitet hast –, die liegen doch hier im Norden? Da, wo wir waren?«

Ari schüttelt den Kopf. »Diesmal kommt der Beschuss vom Gazastreifen. Von dem Palästinensergebiet zwischen unserem Land und Ägypten, dem Küstenstreifen, der, wie du sicher weißt, von der Hamas kontrolliert wird.«

»Was sollen wir tun?«

»Wir sollten uns beraten. Können wir irgendwo halten und darüber … abstimmen?« Statt einer Antwort lenkt er seinen Wagen an ein grünes Fleckchen Wald, Terebinthen und Palmen, Gesträuch. Eine Rundbank. Eine Art Raststätte.

»So. Reden wir.«

Ich drehe mich um zu Anne und Haile. Die beiden sitzen eng umschlungen – also nun schon wirklich sehr eng umschlungen –, jeder hat seine Hände auf dem anderen, und außerdem wird geküsst.

»Hallo ihr!«, sage ich. »Es gibt was zu besprechen.«

Anne löst sich langsam aus der Umarmung. »Ja? Jetzt?«, sagt sie mit einem Seufzer. »Was gibt es denn?«

Ich bringe es auf den Punkt, bemühe mich, sachlich zu klingen: »Die Hamas schießt Raketen auf Israel ab.«

Einen Moment ist Stille. Dann sagt Haile: »Ach, es wird sicher nichts so heiß gegessen, wie es gekocht wird. Das ist ja nicht zum ersten Mal. Außerdem gibt es ein ja ein hervorragendes Raketenabwehrsystem.« (Das habe ich schon einmal gehört.)

Seine Hand hat sich irgendwo im Ausschnitt der gebundenen Bluse von Anne verirrt. Sie lächelt.

Nun mischt sich Ari ein. »Ich fürchte doch, Haile. Ich habe mit Leuten geredet, Leuten aus der Militärführung, die ich seit langem kenne. Ich glaube nicht, dass man die Hände in den Schoß legt, bei den massiven Angriffen.«

Anne scheint erst jetzt aus ihrem verliebten Zustand aufzuwachen. Sie schiebt Hailes Hand zurück und sagt: »Ja, was meinst du? Was soll Israel tun? Und was ist ›die Hamas‹?«

Ari erklärt es ihr kurz, dann sagt er bedächtig: »Stell dir mal vor, Mexiko würde auf einmal Raketen aufs Gebiet der USA schießen. Was würden die wohl machen?«

Der Vergleich ist verblüffend.

»Du hast recht«, sagt Haile ernüchtert. »Also …?«

»Kein Also«, sagt Anne leise. »Ich versteh, dass man sich wehren muss. Haile hat mir die schreckliche Geschichte erzählt von dem Attentat in einem Café in Tel Aviv. Aber darum wird man von hier aus doch nicht auf die Cafés in … in Rammalah schießen, oder? Die da drin sitzen, sind doch auch unschuldig?«

Die beiden Männer sehen sie an, erstaunt, überrascht. Ja, hatten sie denn nicht damit gerechnet, dass sie eine *Meinung* hat?

Anne hat die Lider gesenkt, sie sucht nach Worten, nach Bildern.

Ihre Schauspielerinnen-Stimme erwacht. »Aber die Araber – das sind doch nicht alle Mörder oder Selbstmörder. Von denen wollen doch die meisten auch Frieden. Genau wie wir hier. Da muss es Leute geben, die gegen den Hass sind, oder? Die haben doch auch … Olivenbäume und Gärten? Welche, die gegen die Gewalt sind?«

Haile legt ihr den Arm um die Schulter. »Wenn ich eines weiß«, sagt er, »dann ist es, dass der Hass zwischen Brüdern am unversöhnlichsten ist. Wir Eriträer sind mit den Äthiopiern ganz nah verwandt. Und trotzdem herrscht Feindschaft zwischen uns. Und so ist es zwischen Juden und Arabern. Brüder in der Herkunft, in der Sprache, in den Gewohnheiten – und dann dieser Hass, der über Jahrzehnte gewachsene Hass.«

»Hass ist doch nicht unsterblich!« Annes Stimme vibriert. »Man muss sich in die Augen sehen, nicht bloß Mauern bauen und …«

Ari unterbricht sie energisch.

»Anne, du hast recht. Das wissen wir. Aber im Moment – da müssen wir uns schützen.«

Sie nickt.

Und ich sage:

»Also. Ari wird uns jetzt zum Flughafen fahren. Wir müssen zurück nach Europa, Anne. Müssen die nächste Maschine kriegen. Das kann hier ganz brenzlig werden. Wir wollen den Rest dieser Reise nicht in Luftschutzkellern verbringen.«

Sie schüttelt den Kopf, sehr langsam, von rechts nach links. Sagt dann entschieden und ruhig: »Nein.«

Ich gerate langsam in Panik. »Ich bin für dich verantwortlich!«

Sie sieht mich an. Das Lächeln um ihre Mundwinkel erreicht die Augen nicht. Sie verfällt ins Deutsche – oder ist es Holländisch? Ist es unsere Sprache der Fantasie? »Nein, das bist du nicht. Ich danke dir für alles. Aber ich bin 85 Jahre alt, und davon waren fast 70 Jahre nur totes Gestein. Diese Jahre muss ich jetzt auffüllen. Ich bin allein für mich verantwortlich. Wenn du abreisen willst, tu es.«

»Ich werde nicht abreisen«, entgegne ich. »Nicht ohne dich. Und wenn wir bleiben«, füge ich hinzu, »sollten wir überlegen, wohin wir gehen, ohne sehr gefährdet zu sein. Also nicht in die Grenzgebiete. Und schon gar nicht in den Süden. Besser in die Städte.«

Eifrig mache ich Vorschläge.

»Tel Aviv? Oder Jerusalem, die Klagemauer, der Rest vom durch die Römer zerstörten Tempel? Das ist für jeden frommen Juden ein Ort, den er besucht haben muss, um zu beten und seine Wünsche in Form eines Zettels in die Fugen der Mauer zu stecken … was meinst du?«

»Ich bin ja keine fromme Jüdin«, sagt Anne entschuldigend. »Ich werde diese Mauer später besuchen.«

Was meint sie mit später? Ein kleiner Schauder fährt mir über den Rücken.

»Ich werde auf alle Fälle bleiben«, erklärt Anne kategorisch und schlägt die nackten Beine übereinander. »Und ich will nach Masada.«

Die Mitteilung überrascht, zumindest Ari und mich. Haile lächelt.

»Hast du ihr das eingeredet?«, sage ich unwillig. »Noch so eine tragische Heldengeschichte aus dem alten Judäa? Ich hatte ihr Bar Kochba nahegebracht. Reicht das nicht?«

»Entschuldige«, sagt der junge Mann. »Ich hatte weniger an die Helden gedacht. Von da oben hat man einen herrlichen Blick auf den Sonnenaufgang. Man bekommt ein Gefühl für … für dieses Land.« Er stockt. »Und dann ist da die Oase En Gedi, direkt am Toten Meer. Das muss Anne doch gesehen haben. Außerdem schlagen wir zwei Fliegen mit einer Klappe. Ich habe in En Gedi zu tun.« Er grinst entschuldigend.

»Hm«, sagt Ari. »Das liegt zwar in Richtung Süden, aber noch außerhalb der Reichweite von Hamasraketen. Eine Touristenakttraktion. Und wenn Haile da zu tun hat …«

Ich könnte die beiden schlagen. Er, Haile, nutzt die Begegnung mit Anne und ihre unschuldige Neugier aus für seine »Tätigkeiten,« für diese Avaaz. Und Ari hat offenbar keine Einwände …

»Also gut«, sage ich und stehe auf. »Los. Nach En Gedi. Und dann weiter. Der Krieg muss warten, bis wir bereit sind. Aber die Geschichte von Masada wirst du wohl doch hören müssen, Freundin.«

»Ich bin ganz gespannt drauf«, sagt sie arglos.

Die Oase En Gedi, einst ein blühendes Kibbuz, eine landwirtschaftliche Kollektive, ist nun ganz und gar auf Tourismus eingestellt. Man vermietet Zimmer und Apartments, die in einem üppigen botanischen Garten liegen. Es gibt einen Pool, ein wunderbares Restaurant, und dass es da draußen irgendwo Krieg geben könnte, ist weit, weit weg.

Zunächst.

Mit ausgeliehenem Schwimmanzug und Strandschuhen (das Tote Meer kann einem die Füße zerschneiden mit seinen Salzklippen) stürzt Anne sich jauchzend gemeinsam mit ihrem Freund in das lauwarme und mineralreiche Wasser. Dass die Salzkristalle beim Einstieg ihr die Beine zerschrammen, nimmt sie in Kauf.

Ohne mich. Das Gefühl, im wahrsten Sinne des Wortes den Boden unter den Füßen zu verlieren, in diesem salzigen Nass schwerelos zu werden, wie dieser Badespaß beschrieben wird – darauf habe ich keine Lust.

Anne schwebt und tummelt sich in diesen trügerischen Fluten, in denen man nicht stehen kann, selbst wenn man Grund hat; es reißt einem die Füße weg; sie aber scheint in einem Element zu sein, das ihr vertraut ist. Haile kann ihr kaum folgen.

Ari hat sich aus der ganzen Operation ohnehin herausgehalten. Er telefoniert und checkt seine e-Mails.

Wir speisen üppig von einem grandiosen Buffet. Danach, in der Dunkelheit, sitzen wir im Garten unter Bäumen, mit Blick auf das Meer und die Lichter des anderen Ufers.

Das andere Ufer, das ist Jordanien, und ich stelle die Frage nicht, ob man von da aus auch Raketen herüberschießen kann …

Anne und Haile, ermüdet vom Bad im Salzsee und dem guten Essen, beschließen, bald schlafen zu gehen. Ohne die versprochene Geschichte von Masada für heute. Sie haben ein gemeinsames Apartment und wollen sich wecken lassen, um ganz früh mit dem Shuttlebus auf die Festung zu fahren. Den Sonnenaufgang zu erleben.

Ich lasse mich später von Ari hinbringen. Irgendwie ist mir die Lust an Sonnenaufgängen abhandengekommen. Die Lust, in diesem unberechenbaren Land unterwegs zu sein – immer weiter entfernt von Anne.

Eine Nacht im gemeinsamen Apartment … Ich stelle mir vor, wie sie diesen Morgen aussieht: strahlend, gelöst, beglückt.

Aber ich sehe sie ja erst auf der Bergfestung.

Masada, das ist die zweite Märtyrergeschichte, die ich Anne erzählen könnte, wenn sie sie denn an diesem Abend hätte hören wollen. So sitzen wir, Ari und ich, nur stumm beieinander, blicken weiter auf die Lichter Jordaniens, trinken Wein und schweigen. Die Situation ist, als hielte alles den Atem an, in Erwartung irgendeines Geschehens.

Anne erfährt die Geschichte dann von dem offiziellen Guide, den es auf Masada gibt – das eine Touristenstätte geworden ist. Wie sollte es anders sein.

Und so geht sie:

Das war der erste große Aufstand (noch vor dem des Bar Kochba) von dem zu berichten wäre – und auch er geht gegen die Weltmacht Rom.

Die meisten eroberten Provinzen rings um das Mittelmeer unterwerfen sich zähneknirschend der Herrschaft der Römer. Bei den Juden ist das anders, und das liegt unter anderem daran, dass sie einen so völlig anders gearteten Glauben haben. Während es den meisten Völkern nicht schwer fällt, den römischen Kaiser als einen Gott zu verehren – auf einen mehr oder weniger kommt es nicht an –, weigern sich die Juden halsstarrig, das zu tun. Denn sie haben nur einen Gott und keine anderen neben ihm. Immer wieder gibt es Aufruhr, und dann, im Jahr 66 unserer Zeitrechnung, kommt es zu einem großen Aufstand, der das ganze Land ergreift. Man hofft darauf, dass der Messias nahe ist, dass er das jüdische Volk siegen lässt über die Usurpatoren vom Tiber! Aber da gibt es keinen Messias, sondern nur die geballte Kraft der römischen Weltmacht, die den Aufstand niederwirft, Jerusalem verheert, den Tempel anzündet.

Aber nicht alle geben sich geschlagen. Während Rom den Sieg feiert – inzwischen ist es das Jahr 72 –, hält sich am Westufer des Toten Meers hartnäckig eine Bergfestung auf einem Bergplateau, eine Anlage mit gewaltigen Festungsmauern, gut ausgestatteten Vorratshäusern, gut gefüllten Zisternen und Waffen genug. Ein König, voller Misstrauen gegen sein eigenes Volk, hat sie einst errichtet. Nun dient sie rund tausend Menschen, Männern, Frauen und Kindern als letzter Zufluchtsort vor dem Feind.

Und natürlich können sich die Römer das nicht gefallen lassen. Man schreitet zur Belagerung der Bergfestung – und das wird eine harte Nuss.

Wenn man heute dort oben steht und ins Tal sieht, erblickt man die Grundrisse des römischen Feldlagers – und eine fast 200 Meter lange Aufschüttung, eine Rampe, über die man die gigantischen Belagerungsmaschinen, die Rammböcke und Katapulte, in Stellung brachte.

Schließlich ist die Festung sturmreif. Aber die Belagerten ergeben sich nicht.

Sie verüben kollektiven Selbstmord – übrigens sind die Vorratskammern und Zisternen noch voll: ein Zeichen für die Römer, dass die Juden ihre Tat nicht aus Not vollführten, sondern um ihre Ehre zu retten.

Die Geschichte, von einem berühmten jüdisch-römischen Historiker aufgezeichnet, ist kein Märchen. Um 1900 entdeckten Archäologen in Masada die Skelette von Männern, Frauen und Kindern. Und sie entdeckten die Tonscherben mit den Namen der letzten zehn Kämpfer, die untereinander auswürfelten, wer wen töten sollte und wer als Letzter sich selbst umbringen musste …

Anne hat die Geschichte nun gehört, wenn auch nicht von mir. Auch dieser Bus, der sie mit anderen Begeisterten zum Sonnenaufgang nach oben auf den Festungsberg befördert hat, gehört zum Touristen-Projekt. Von En Gedi nach Masada ist es nicht weit.

Ich schlafe schlecht. Habe versucht, in dem kleinen Radio, das im Apartment vorzufinden ist, einen englischsprachigen Sender zu finden, aber vergebens. Also warte ich nach dem Frühstück auf den Landowner, er kommt irgendwann, das Handy am Ohr, winkt mich stumm zu seinem Auto.

»Wie sieht es aus?«, frage ich vorsichtig.

Er schüttelt den Kopf. »Lassen wir das. Besser jedenfalls nicht.«

Hatte ich etwas anderes erwartet als schlechte Nachrichten? Ich habe Angst um Anne. Sollte das Land in einem Krieg vernichtet werden – wie soll ich sie schützen, wenn hier Gewalt ausbricht?

Am Fuß des Bergmassivs stoppt er. Zieht den Schlüssel des Wagens ab und drückt ihn mir in die linke Hand.

Ich sehe ihn erstaunt an. »Was soll das, Ari? Ich fahre kein Auto.« – »Nein, aber Haile. Er wird Anne dahin bringen, wohin sie wollte. Zum Flughafen, oder wohin auch immer. Ich bin weg. War mir ein Vergnügen, dich kennenzulernen. Dich und dieses Mädchen.«

Er macht etwas völlig Altmodisches. Er küsst mir die Hand. Die andere. In der ich nicht die Schlüssel halte.

»Pass ein bisschen auf Anne auf.«

»Ich fürchte, das kann ich nicht.«

Er lacht. »Das fürchte ich auch. Eine sehr selbstbewusste Person, die junge Dame.«

Und weg ist er. Ein Taxi erwartet ihn.

Gern wäre ich noch mit diesem Mann länger zusammen geblieben, seine vernünftigen Worte taten mir gut. Nun bin ich einigermaßen irritiert von diesem kurzen Abschied und schließe mich dem Touristenstrom an, der darauf wartet, mit dem Lift auf die Plattform mit ihren historischen Zeugnissen gebracht zu werden; man kann auch zu Fuß nach oben kommen, über den sogenannten Schlangenweg, aber dazu fehlt mir der Enthusiasmus.

Was sich hier abgespielt hat, wird einem mit Video-Spielszenen erklärt – die dürfte auch Anne gesehen haben, anders kommt man nicht in die eigentliche Anlage. Dann darf man endlich das sandige, von Pfaden durchzogene Plateau betreten. Hölzerne Stufen führen zu Erhebungen im Gelände, hinunter zu einer Zisterne oder hinauf zu der Festung, die der jüdische König Herodes, misstrauisch wie er war, sich errichten ließ, um vor Feinden aus dem eigenen Volk geschützt zu sein – sie diente dann jenen Kämpfern gegen die Römer als letzte Zuflucht.

Ich bin in voller Ungeduld. Habe ich Angst? Ja. Ich weiß nicht, wie es weitergehen wird. Ich möchte fort. Fort, um Anne zu schützen. Ich muss mit ihr reden, sie vor der möglichen Gefahr warnen, muss ihr vor Augen führen, was hierzulande demnächst geschehen kann. Aber wo ist sie?

Wo werde ich sie finden in diesem riesigen Areal, in dem es von Menschen wimmelt?

Es ist heiß, Schatten ist rar.

Da gibt es einen überdachten Platz, sozusagen eine »Wasserstelle«. Aus großen Containern kann man da Trinkwasser zapfen – kostenlos. Die Durstigen scharen sich um die großen Behälter, sitzen auf steinernen Bänken, trinken, gemächlich oder in langen Zügen.

Und hierher kommt auch Anne. Ich brauche einen Moment, bis ich sie erkenne in ihren Shorts und ihren von den Salzkristallen zerkratzten Beinen – irgendwie habe ich sie noch im roten Kleid erwartet.

Sie kommt mit schnellen Schritten und Haile läuft ihr nach; sein Gesicht wirkt, als sei ihm die Ernte verhagelt. Denn Anne Frank wirkt traurig. Ihre Augen unter den zusammengezogenen Brauen sind ganz dunkel. Ist sie zornig? Was hat sie so betroffen gemacht?

Sie begrüßt mich nicht einmal, sondern sprudelt gleich los: »Wie konntest du zulassen, dass er mich hierhergeführt hat?« Sie deutet mit einer Kopfbewegung auf Haile.

»Mir ist neu«, erwidere ich einigermaßen verblüfft, »dass ich einen Einfluss darauf habe, was du mit Haile unternimmst.«

Sie geht auf meinen Einwand nicht ein.

»Der Sonnenaufgang – ja, der war natürlich wunderschön. Aber dann! Die Festung und all die Spuren dieser Römer, die sind geblieben, aber die der Eingeschlossenen hat die Zeit verschluckt. Und überhaupt: Wieso Märtyrer? Dein Bar Kochba, von dem du mir erzählt hast – der wurde zu einem Märtyrer. Der glaubte an die Kraft des Volks, an die Lebenskraft der Juden, obwohl er irgendwann scheitern musste. Die hier aber, die saßen nur herum, als schon alles verloren war. Worauf haben sie denn gewartet? Dass der Gott ihnen hilft?« Sie schüttelt verständnislos den Kopf. Ihre Augen blitzen.

»Der Guide hat erzählt, dass bis vor Kurzem die jungen Männer und Frauen, die ihre Zeit im Zahal, in der Verteidigungsarmee, abdienen mussten, hierher gebracht wurden, um den Fahneneid zu leisten. Es hat offenbar lange gedauert, bis sie gesehen haben, dass das grundfalsch war! Alle Welt spricht von den Märtyrern auf Masada. Aber sind es Märtyrer, wenn sie sitzen und abwarten? Aber sie wollen nicht sterben, sie wollen kämpfen!«

Sie wendet sich heftig an Haile, der lieber schweigt zu der ganzen Angelegenheit.

»Kannst du mich nicht verstehen?« Es klingt fast anklagend.

Der junge Mann wendet sich stumm ab, greift sich einen der Plastik-Trinkbecher und holt sich Wasser. Da wollte er ihr doch nur das Schicksal ihres Volkes nahebringen ... Er ist verstimmt.

Anne fährt leiser fort, während sie sich auf eine dieser steinernen Bänke hockt und den Kopf senkt, als wolle sie ihr Gesicht verbergen. »Und dann ist da noch etwas. Aber das konnte außer dir nun wirklich keiner wissen.« Sie holt tief Luft, fährt auf Deutsch fort: »Dass sie eingesperrt waren. So wie ich und meine Familie und unsere Freunde. Noch tiefer, noch ausgestoßener aus der bewohnten Welt, als wir es waren. Denn zu uns kamen ja die Helfer. Zu denen hier kam niemand. Niemand. Sie waren einsam in ihrem Versteck. Und sie sind umgekommen. Ich …«, sie ringt die Hände, »ich will das nicht wissen.«

Der dunkle andere Weg, den wir ausgeblendet haben, um ihr Leben zu retten – hier scheint er allzu dicht, allzu präsent an ihr jetziges Dasein anzustoßen.

Haile kommt mit einem Wasserbecher zu ihr, reicht ihr gleichsam einen Versöhnungstrunk. Sie zögert, dann lächelt sie ihn an, nimmt den Becher. Ihr Zorn ist verflogen. Sie wechselt die Sprache. »Ich war ungerecht. Entschuldige. Aber – das regt mich auf. Das Getue um diese Toten.«

Sie setzt den Becher an die Lippen, trinkt in langen Zügen, als wäre sie am Verdursten.

»Ja«, sagt Haile. »Jedenfalls kann ich mir nicht vorstellen, dass sie die Absicht haben, die arabischen Staaten zu erobern.« Er grinst schief.

»Haile« sage ich entschlossen und drücke ihm die Autoschlüssel in die Hand. »Ari hat sich verabschieden müssen und übergibt dir seinen Wagen. Wenn es hier nichts mehr gibt, was für Anne wichtig ist, sei so gut und bring uns zum Flughafen. Ich denke, wir sollten Israel verlassen, bevor es hier vielleicht tatsächlich … brenzlig wird.«

Er nimmt das Schlüsselbund zögernd entgegen, wirft einen schiefen Blick auf Anne. »Brenzlig ist es ja schon«, murmelt er »und ich weiß ja nicht …«

Anne scheint gar nicht zugehört zu haben. Sie geht, um sich einen weiteren Becher Wasser zu holen.

Als sie zurückkommt, fällt ihr Blick auf den Autoschlüssel in Hailes Hand.

»Wie lange fährt man bis Eilat, ganz im Süden, an das dritte Meer, an das Israel grenzt?«, höre ich sie fragen.

»Zweihundert Kilometer durch die Wüste«, antwortet Haile mechanisch. »Das dauert bestimmt seine fünf Stunden.«

Dann, als begreife er erst jetzt den Sinn ihrer Anfrage, geht ein Ruck durch seinen Körper. Er starrt erst sie an, dann mich.

»Da möchte ich jetzt hin. Ans Rote Meer«, sagt Anne. Ich sehe auf. »Das geht nicht!«, sage ich energisch. »Dort wären wir voll im Bereich der Hamas-Raketen, vom Sinai aus. Und überhaupt: Wir müssen zurück. Haile wird uns zum Flughafen bringen. Dann nehmt ihr Abschied – jedenfalls vorläufig. Gewiss seht ihr euch bald wieder. Haile wird ja auch froh sein, hier fortzukommen, bevor … ja, bevor vielleicht ein Krieg ausbricht. Das sollten wir uns nicht antun.«

Nun ist es heraus.

»Ein Krieg«, wiederholt Anne. Nachdenklich, keinesfalls erschrocken. »Ja, ist der nicht schon da? Diese Raketen …« Sie legt den Kopf schief, kindlich. Fragt: »Aber wo wollen wir denn hin?«

Es verschlägt mir die Sprache.

Ja, wo soll sie denn hin? Ich kann sie ja schlecht wieder im Anne-Frank-Museum in der Prinsengracht abliefern … Das ist der Augenblick, wo mir klar wird, was ich getan habe, als ich sie aus der jahrzehntelangen Gefangenschaft befreite. Bin ich jetzt nicht verantwortlich für ihr weiteres Dasein? Mir fallen ihre Lebensentwürfe aus dem Tagebuch ein und ich stottere: »Du wolltest doch Kunstgeschichte studieren, könntest jetzt nach Paris gehen, wie du es dir gewünscht hast. Oder nach England.«

»Ja, könnte ich«, gibt sie zu. »Aber wenn ich hierbleiben will?«

Ich schlucke. Mein Mund ist trocken. Ich brauche auch dringend so einen Becher Wasser. »Anne«, sage ich. »Anne. Ein Krieg – du kennst ihn ja nur von Weitem. Du hast nur die Bombeneinschläge und die Abwehrkanonen gehört. Da bist du noch verschont geblieben. Aber es könnte hautnah auf dich zukommen. Diese Raketen – ob sie wirklich abgefangen werden … man hofft es. Man kann verwundet werden, man kann sterben!«

Sie sieht mich an, voller Verwunderung. Dann sagt sie ruhig: »Aber man kann ja nur einmal sterben, nicht wahr?«

Unsere Augen treffen sich. Ich spüre, dass ich zittere. Dann bestätige ich: »Ja. Man kann nur einmal sterben.«

Haile springt auf. Er wirft den Plastikbecher mit Schwung in den Abfalleimer.

»Euer Gerede geht mir auf die Nerven!«, sagt er wütend. »Was soll das ganze geheimnisvolle Hin und Her mit Kriegserfahrungen und Sterben und überhaupt. Welchen Krieg soll Anne denn kennen? Sie ist doch viel zu jung. Und wenn sie nach Eilat will, werde ich sie hinfahren, basta. So schlimm wird es schon nicht werden. Und ich sag's dir offen, Corelli: Deine Sorge in allen Ehren, aber du bist nicht Annes Amme. Und jede Stunde, die ich noch mit ihr zusammen sein kann, die ist für mich mehr wert als ein Jahr in der Südsee. Ein anderer Vergleich fällt mir nicht ein. Wenn sie bleiben will, so bleibe ich auch. Meine Arbeiten können warten – und außerdem kann ich ihr behilflich sein hier, denn ich kenne Leute. Leute, die in den richtigen Positionen sitzen. Wenn du weg willst, Corelli – ich kann dich nicht aufhalten. Nimm dir ein Taxi zum Flughafen. Wir fahren.«

Anne ist aufgesprungen. Sie hat die Arme um den jungen Mann gelegt, ihr Kopf liegt an seinem Hals. Über seine Schulter hinweg sieht sie mich an. »Ist das Liebe?«, fragt sie leise.

Ich zucke die Achseln. Liebe, Verliebtheit … Es ist das, was sie braucht. Es ist das Leben.

»Aber Corelli kommt mit!«, sagt sie. Bestimmt sie.

Ja, wie sollte ich sie allein lassen.

Corelli kommt mit.

Die Fahrt durch das Negev, die jüdische Wüste, dehnt sich.

Das ist ein seltsames Gebiet.

Militärposten alle paar Kilometer, wir werden angehalten, die Pässe werden gefordert, misstrauisch durchgesehen, es wird nach unserem Reiseziel gefragt, Warnungen werden ausgesprochen.

Im Süden vermehrter Raketenbeschuss!, heißt es. Wir sind unterwegs auf eigene Gefahr.

Dass man uns als Touristen überhaupt weiterreisen lässt, haben wir Haile zu verdanken.

Er beruft sich auf Namen, spielt auf der ganzen Klaviatur von Charme, Überzeugungsarbeit und Überredungskunst. Besonders ein paar der jungen Soldaten scheinen ihn zu kennen. Wie hieß diese Organisation, für die er arbeitet? Avaaz? Ari hatte von Aktivitäten im Internet gesprochen. Annes Freund scheint dort eine wichtige Rolle zu spielen. Langsam schäme ich mich, vorher noch nichts davon gehört zu haben. –

Wir kommen voran. Wenn auch langsam.

Anne sitzt vorn. Sie hat die Füße gegen das Armaturenbrett gestemmt, die Knie angezogen, und darauf ihr Moleskine-Buch gelegt, das sie wohl kürzlich doch zu sich genommen hatte.

Sie schreibt.

Sie schreibt unentwegt. Was auch immer.

Irgendwann kommt Haile auf eine Idee. Er berührt Anne am Arm. »Schreib du nur fleißig weiter! Bei der nächsten Kontrolle werde ich denen erklären, du verfasst eine Reportage über die Ereignisse hier. Du arbeitest für Avaaz. Bist Journalistin.«

»Bin ich doch auch«, erwidert sie, ohne aufzublicken.

Ja, das waren ihre Wünsche. Schriftstellerin. Oder Journalistin, erinnere ich mich. Nun kann sie sie leben …

Wir passieren eine ausgebrannte Tankstelle. Das war offenbar ein Treffer.

Haile flucht. Er muss tanken.

Zum Glück taucht ein paar Kilometer danach noch eine auf – mit einer endlosen Schlange von Fahrzeugen.

Wortlos reiht sich Haile ein, schaltet den Motor aus. »Das kann dauern! Aussteigen! Vertretet euch die Beine, seht euch um!«

Anne klappt ihr Notizbuch zu; es ist, als würde sie erwachen.

»Was machen wir hier?«

»Wir füttern das Auto«, sage ich. »Komm, da drin ist es bestimmt klimatisiert.«

Ja, ist es. Klimatisiert und voll. Der Raum summt von den unterschiedlichsten Sprachen. Alles Ausländer, Touristen.

Mit Mühe finden wir einen Platz, und ich stelle mich an, um für mich und Anne eine Coke oder ein Eis zu ergattern. Die Tankstelle macht das Geschäft des Jahres, einige gekühlte Getränke sind schon ausverkauft.

Vor mir steht eine rundliche Frau mittleren Alters. Der Schweiß hat dunkle Flecken im Rücken ihres Strandkleids hinterlassen und sie bewegt geradezu hektisch ihren Fächer.

Sie dreht sich zu mir herum, offenbar muss sie sich mitteilen.

»Sprechen Sie englisch?«

Ich bejahe. (Das tun wir schließlich die ganze Zeit.)

»Ist das nicht furchtbar? Wir haben uns so auf den Urlaub am Roten Meer gefreut – und nun das. Kampfhandlungen! Wir sind Hals über Kopf aufgebrochen, zurück nach Hause. Hoffentlich bekommen wir noch einen Flug nach England. Alles bricht ja seine Ferien ab. Und wissen Sie was? Der Reiseveranstalter gibt uns nicht einmal das Geld zurück. Höhere Gewalt! Was ist daran höhere Gewalt, wenn man beschossen wird?«

»Bis jetzt werden wir ja noch nicht beschossen«, sage ich energisch.

Ein dunkelhaariger Mann mischt sich ein, er spricht Englisch mit Akzent. Vielleicht ist er ein Israeli. »Man muss nicht gleich weglaufen. Das Raketenabwehrsystem Iron Dome, die Eiserne Kuppel, fängt neunzig Prozent der Geschosse ab.«

»Ja, aber zehn Prozent kommen durch!« (Die Frau spricht

aus, was ich Anne zuvor erklärt habe. Aber ich glaube inzwischen, dass nichts sie von ihrer Fahrt abbringen kann …)

»Panikmache!«, knurrt der Mann.

»So?« Die Frau schwingt gereizt ihren Fächer. »Aber Sie fahren ja auch weg aus Eilat! Alles flieht!«

Der Mann antwortet nicht, beschäftigt, sein Bier entgegenzunehmen, und ich hüte mich, zu sagen, dass wir nicht fliehen, sondern in der Gegenrichtung unterwegs sind.

Mit meinen Limonaden (Coke war ausverkauft) und einem Eis am Stiel gehe ich an Annes Tisch. Auch sie ist im Gespräch – einem Gespräch anderer Art. Zu ihr hat sich ein älterer Herr gesetzt, weißes langes Haar bis auf die Schultern, ein schmales bräunliches Gesicht. Er sieht aus wie ein Hochschullehrer oder ein Dichter.

Ich setze mich dazu und höre, was sie reden. Anne schleckt dabei ihr Eis, das sie ganz schnell ausgewickelt hat.

»Wer soll das begreifen«, sagt der Fremde melancholisch und nicht ohne Pathos, »dass die Juden all das Leid ertragen mussten über die Jahrtausende, obwohl sie doch den Völkern nur Wohltaten gebracht haben – und dass sie selbst hier, im eigenen Land, nicht zur Ruhe kommen können? Ob Gott das so will?«

»Ob Gott dabei etwas zu schaffen hat, weiß ich nicht«, erwidert Anne lebhaft. »Vielleicht dauert es noch eine Weile, aber irgendwann wird die Welt begreifen, was sie an den Juden hat. Und sie werden von Verdammten zu Vorbildern werden.«

Ich erinnere mich. Das sind Worte aus ihrem Tagebuch, getragen von der Hoffnung eines jungen Mädchens, das unbedingt an das Gute auf der Welt glauben wollte – und darauf, dass die Leiden ihres Volkes irgendwann belohnt würden …

Nun kippt das Gespräch.

Denn der Mann sieht sie an. »Es kommt mir vor, als hätte ich das schon einmal irgendwo gelesen«, sagt er. »Warte einmal. In diesem Tagebuch. Ein kluges Kind hat da solche Weisheiten von sich gegeben. Anne hieß die.«

»Ich heiße auch Anne«, sagt Anne und hindert ihr Eis mit der Zunge daran, auf ihren Bauch zu tropfen.

Der Mann lächelt. »Ja, aber du schreibst bestimmt keine Tagebücher.«

»Nein«, entgegnet sie. »Die würden dann vielleicht ›Die Bekenntnisse eines hässlichen jungen Entleins‹ heißen. Außerdem bin ich zu alt für Tagebücher. Das ist was für junge Mädchen. Für Backfische.« Sie benutzt das altmodische Wort, wissend, dass man heute Teenie sagt … Und sie zuckt nicht mit der Wimper.

Der Fremde stutzt. »Hässliches Entlein? Mir kommt es so vor, als würde das auch in diesem Tagebuch stehen«, sagt er verunsichert.

»Na, so was!« Annes Augen funkeln vor Vergnügen. Offenbar bereitet es ihr einen Heidenspaß, diesen gebildeten Herrn und seine »Vermutungen« ein bisschen auf den Arm zu nehmen. Wo es dem doch mehr ums Grundsätzliche geht.

Seine nächste Bemerkung geht unter im Lärm eines Düsenjets, der über die Tankstelle hinwegbraust; Anne duckt sich, und ich sehe, dass ihr Atem schneller wird.

Der Fremde seufzt tief. Sagt dann: »Ja, so ist das leider. Wer nicht bereit ist, sich zu verteidigen, der hat schon verloren.«

Ein Allgemeinplatz, wie ich finde. Aber Anne nickt. Mir scheint, dass so eine Überlegung dazu angetan ist, die natürliche Angst, die sie vor dem Kriegsgeschehen hat, in den Griff zu bekommen. (Und ich weiß zudem, dass sie weit darüber hinaus das Geschehen in diesem Lande beurteilen kann: Verteidigung und Verständigung …) Sie wendet sich an mich. »Der Herr hier arbeitet für eine größere Zeitung. Er schreibt Berichte. Und … warte einmal, wie heißt das? Feuilletons, so kleine Geschichten aus dem Leben. Meinst du, ich könnte auch … Feuilletons schreiben?«

»Warum nicht?«, erwidere ich und fühle, wie sie wieder ein Stück von mir fort wächst. »Aber wo willst du sie denn veröffentlichen?«

»Das wird sich finden«, entgegnet sie, »nicht wahr?«

Der Mann sieht sie forschend an. »Kannst du denn Hebräisch?«

»Och, ich lerne ganz schnell.«

Ich blinzele. Was um Himmels willen hat sie vor? »Anne, was soll das?«, sage ich leise auf Deutsch.

Hailes Kommen erspart ihr die Antwort. Er grüßt den Fremden, greift sich eine Limonadenflasche und stürzt das Getränk herunter.

»So, wir können weiter«, sagt er. »Lange werden die hier keinen Sprit mehr verkaufen können. Der Mann an der Kasse sagt, die Tanks sind fast leer. Auf geht's.«

Der Fremde zückt seine Karte. »Hier. Wenn du dann Hebräisch kannst, ruf mich an.«

Er lächelt. Offenbar hat ihn das Wesen Anne Frank beeindruckt.

Sie dankt und steckt die Karte in ihre Hosentasche.

Wir bewegen uns auf das Auto zu. Steigen ein und fahren. Der Gegenverkehr ist heftig.

»Haile«, sage ich, »ist dir klar, dass wir die Einzigen sind, die sich in Richtung Sinai bewegen? Hinunter nach Eilat am Roten Meer.«

Erst sagt er gar nichts. Dann: »Anne will es.«

Anne hat wieder die Füße gegen das Armaturenbrett gestemmt, ihr Büchlein hervorgeholt, es auf die Knie gelegt und schreibt. Sie ist zu keinem Kommentar bereit.

Schreibt eben.

Der Himmel ist dunstig vor Hitze. Es ist unheimlich still.

Wir sind noch nicht weit entfernt von der Tankstelle.

Es kommt in des Wortes wahrstem Sinn aus heiterem Himmel.

Plötzlich explodiert die Welt.

Kreischen, Heulen, Sausen. Das dumpfe Geräusch eines Einschlags.

Haile reißt das Steuer herum, fährt den Wagen von der Straße, herunter in den schwachen Schutz eines Felsüberhangs, bremst. »Aussteigen, schnell!«

»Aber warum?«

»Wenn der Wagen in Flammen aufgeht …«

Der nächste Flugkörper über uns. Der nächste Einschlag.

»Da!«

Anne zeigt nach hinten. Donnernde Detonationen. Eine Feuersäule steigt zum Himmel auf. Die Tankstelle wurde getroffen.

Es saust über uns hin, schlägt irgendwo in der Wüste ein, Staubwolken, ein Steinhagel.

Ich hocke da, die Hände überm Kopf gefaltet. Das ist zu

viel. Viel zu viel. Ich will nicht sterben durch eine palästinensische Rakete.

Das Inferno nimmt eine neue Dimension an. Ein Pfeifen, ein Jaulen, unbeschreiblich. Und dann blendende Helle. Krachen und Bersten von Metall, hoch über uns. Irgendwo da oben.

»Haile, was ist das?«

»Iron Dome«, schreit er durch das Getöse hindurch. »Das Abwehrsystem hat ein Ziel erfasst. Gelobt sei Gott!«

Ich bin mir nicht so ganz sicher, ob man Gott schon loben darf. Denn das Geschoss, das getroffen wurde, zerbirst in beängstigender Nähe, sendet seine Splitter mit großer Wucht durch die Gegend. Ich ducke mich, Haile wirft sich zu Boden – aber Anne steht da, mit weit offenen Augen, verfolgt entsetzt, was um uns her geschieht.

Die zweite Rakete, verhindert am Einschlag, in der Luft explodierend.

Und dann sehe ich, was Haile, den Kopf in den Armen, nicht sieht: Anne Frank wird getroffen. Der stählerne Splitter schlägt in ihre Schulter ein, lässt sie beben, wie wenn man einen heftigen Stoß erhält. Für einen kleinen Augenblick ist sie verschwunden. Dann steht sie wieder aufrecht, sieht verwundert an sich hinunter.

Trotzdem schreie ich auf, ich kann nicht anders. Es ist so unglaublich.

Der junge Mann hört mich schreien, springt hoch. »Anne, verdammt noch mal! Wirf dich zu Boden!«

Sie sieht ihn an, die Augen voller Unverständnis, sagt etwas, das keiner versteht in dem Höllenlärm.

Haile hechtet mit einem großen Drehsprung zu Anne, um sie zu Boden zu reißen. Ein weiterer Splitter wirbelt mit Macht durch die Luft, trifft ihn am Hals, reißt ihm die Schlagader auf. Noch im Sprung stürzt er zu Boden. Das Blut strömt.

Und ich? Wage nicht, aufzustehen – vielleicht kommt das nächste tödliche Geschoss, hat mich im Visier, und was könnte ich schon machen. Ich bin nur noch hilflos.

Der Raketenbeschuss hat aufgehört, so unvermittelt, wie er begonnen hat.

In der plötzlichen Stille dringen schwach die Geräusche von der getroffenen Tankstelle herüber zu uns dreien; das Feuer lodert.

Um mich kreist die Wüste Negev samt ihren Steinen und Einschlaglöchern, unserem Auto und im Mittelpunkt das Paar.

Das Mädchen kniet neben dem jungen Mann. Sie hat seinen Kopf auf ihren Schoß gebettet, ungeachtet, dass ihr sein Blut über die Beine läuft.

Ich stehe auf, meine Knie zittern. Krame mein Handy aus der Tasche. Der Notruf in Israel ist 100, sagt mir mein Display.

»Auf dem Weg nach Eilat, in der Wüste«, sage ich. »Ein junger Mann ist schwer verletzt durch einen Raketensplitter. Nicht weit von hier wurde auch eine Tankstelle getroffen.«

Anne sieht zu mir auf. »Aber warum?«

»Begreifst du nicht? Er wollte dich schützen. Er wusste ja nicht, dass du – diese anderen Kräfte hast.«

»Nun weiß ich, wie Krieg ist«, sagt sie still. Sie senkt den Kopf, küsst Haile auf die Stirn. Seine Augen verschleiern sich schon.

Eine Kolonne – Krankenwagen, Löschfahrzeuge – kommt

vom Süden, von Eilat her. Sehr schnell. Aber nicht schnell genug.

Wir steigen beide in den ersten Krankenwagen, der den jungen Mann aus Eritrea in eine Klinik bringt, wo man sicher nur seinen Tod feststellen wird. Anne hält noch immer seine erkaltende Hand.

Ich sehe alles wie durch einen Vorhang. Land und Meer, Straßen und Gebäude gleiten an mir vorüber wie in einem Traum.

Im Hospital nimmt man uns Haile weg… Wir sind ja auch nicht einmal entfernt mit ihm verwandt. Ich versuche die Situation zu klären. Eine Zufallsbekanntschaft. Zum Glück habe ich noch Aris Telefonnummer. Der ist sicher in der Lage, Auskunft zu geben.

Eine junge Krankenschwester, fast so braun wie *er* war, wäscht Anne mit einem großen Schwamm das Blut ab. Die lässt es mit geschlossenen Augen geschehen, duldet auch, dass ich sie danach in den Arm nehme. Sie atmet tief, als würde sie schlafen.

Ist das das Ende unserer Reise? Dass sie einen solchen Verlust kennenlernen muss? Dass Krieg und Gewalt ihre hässliche Fratze zeigen? Ich wollte sie befreien – und habe ihr Erlebnisse zugemutet bis an die Grenze des Erträglichen.

Als sie sich in meinen Armen regt, sage ich leise: »Ich besorge uns einen Inlandflug von hier nach dem großen internationalen Flughafen, wo wir ankamen.«

Sie antwortet nicht, als hätte sie mich gar nicht gehört. Steht auf und geht auf einen der Ärzte zu.

»Kann ich ihn noch einmal sehen?«

Der Arzt zögert. »Sie standen in keinerlei verwandtschaftlichem Verhältnis zu ihm, oder?«

Ich sehe ihr ernstes Gesicht. »Es war mein … erster Mann.«

Der Mediziner nickt, legt ihr den Arm um die Schultern, führt sie fort.

Ich sortiere unsere Papiere. Welche Probleme wird ihr Pass mit dem realen Geburtsdatum uns wohl auf der Rückreise verschaffen?

Das Herz ist mir schwer.

Anne Frank kommt zu mir. Sie ist sehr ruhig, ihr Gang ist so schwebend und leicht wie immer. Ich sehe sie forschend an. In ihren Augen schimmert keine Träne.

»Corelli«, sagt sie mit ihrer Schauspielerinnen-Stimme, und dann, mit einem festen Blick auf mich: »Ach, du hast ihn ja schon in der Hand. Meinen Pass. Gibst du ihn mir?«

Ich begreife.

»Du willst nicht mit zurück?«, frage ich. Mir versagt das Wort.

Sie nickt. »Wo soll ich denn sonst hin?«, entgegnet sie schlicht. »Ich bin Jüdin. Ich gehöre ins Land der Juden.«

»In diese Kämpfe? In diese feindliche Umgebung? In diesen permanenten Krieg?«

»Wenigstens erträgt man es gemeinsam«, sagt sie. »Und vielleicht kann man ein kleines bisschen etwas bewirken. Dass nicht geschossen wird, zum Beispiel. Dass man sich näher kommt. Und wenn es nur Füßchen für Füßchen ist.« Der Hauch eines Lächelns huscht über ihr blasses Gesicht.

»Aber was willst du tun?«

»Schreiben, was sonst. Es muss ja nicht unter dem Namen Anne Frank sein.«

Plötzlich schlingt sie die Arme um mich.

»Corelli! Du hast mich ins Freie geholt. Du hast mir

geholfen, die Leere auszufüllen, die vielen Jahre, die mir fehlten. Ich hab mit dir gelacht und geweint. Nun gib dir einen Ruck und lass mich los. Ich bin in der Welt.«

Die Kehle ist mir zugeschnürt. Die berühmte Glucke, die ein Entenküken ausgebrütet hat … Ich räuspere mich. »Dann alles Gute, alte Frau.«

Mehr fällt mir nicht ein.

Wir küssen uns. Dann dreht sie sich um und geht mit dem immer gleichen leichten, schwebenden Schritt davon, passiert die erste Schleuse der Krankenstation, die Schwingtür dann …

Ich springe auf, will hinterher, ihr noch irgendetwas sagen.

Sie ist nicht mehr zu sehen.

Anne, Anne, liebe Freundin, wo soll ich dich finden?

Ich hab immerhin die Nummer des Handys, das Haile ihr gegeben hat. Wenn sie es denn behält. Und wenn ich es wirklich nutzen will.

Ich trete vor die Tür, blinzele gegen die Sonne.

Ein Lastwagen fährt vorbei, auf der Plattform eine Reihe von jungen Leuten. Sie halten die israelische Fahne, den blauweißen Stern, in Händen, und tragen Transparente, deren Text ich nicht lesen kann.

Mitten unter ihnen steht ein Mädchen im roten Kleid. Jenem roten Kleid, das Anne doch in Nahariya verschenkt hat …

Ein arabisches Mädchen?

Mir wird schwindlig.

Ich muss nach Haus.

Wonach suche ich? Ich habe sie ja in den Seiten ihres Buchs. Des Tagebuchs der Anne Frank.

Waldtraut Lewin, geboren 1937, studierte Germanistik und Theaterwissenschaft in Berlin und arbeitete als Opernübersetzerin, Dramaturgin und Regisseurin zunächst am Landestheater Halle und dann am Volkstheater Rostock. Seit 1978 arbeitet sie als freischaffende Autorin von Romanen, Hörspielen und Drehbüchern, für die sie zahlreiche Auszeichnungen erhielt.

Waldtraut Lewin

Der Wind trägt die Worte

Geschichte und Geschichten der Juden

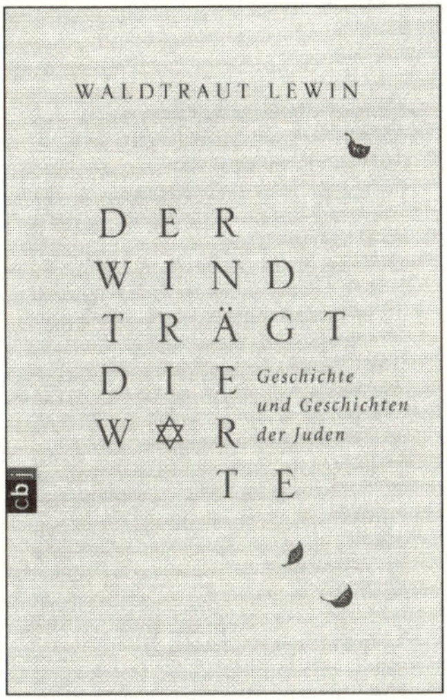

768 Seiten, ISBN 978-3-570-13482-5

Die erzählte Geschichte der Juden – von den Anfängen bis zum ausgehenden Mittelalter

Flucht und Vertreibung, Aufbruch und Diaspora kennzeichnen die wechselvolle Geschichte des jüdischen Volkes, die uns durch die Jahrhunderte in alle Richtungen führt: ins glanzvolle Andalusien und mittelalterliche Deutschland, an Orte wie Prag, Venedig und Konstantinopel. Wir begegnen fiktiven und biblischen Figuren, aber auch beeindruckenden historischen Gestalten. Eindrücklich erzählt Waldtraut Lewin nicht nur von Vertreibung und Schrecken, sondern auch von Hoffnung, von Menschen, die mutig ihren Weg gingen ...

20126

cbj

www.cbj-verlag.de

Waldtraut Lewin

Der Wind trägt die Worte –
Geschichte und Geschichten der Juden
von der Neuzeit bis in die Gegenwart

720 Seiten, ISBN 978-3-570-13483-2

Das zweite Buch von Waldtraut Lewins beeindruckendem Lebenswerk erzählt die Geschichte des jüdischen Volkes vom Beginn der Neuzeit bis in die Gegenwart. Wieder begleiten drei Erzählebenen den Leser auf seiner Reise durch die Zeit, und zeigen dabei, was in den gängigen Geschichtsbüchern nur angedeutet oder ganz ausgelassen wird. Und genau das macht den Reiz dieses außergewöhnlichen Buches aus. Eindringlich erzählt Waldtraut Lewin von bekannten und weniger bekannten, von fiktiven und realen Personen. Von schicksalhaften Begegnungen, der Sehnsucht nach Erlösung, Toleranz und Aufklärung. Von unfassbarem Grauen, aber auch von Widerstand und Hoffnung. Ein wichtiges Buch, das den Leser aufwühlt und nachdenklich zurücklässt.

20186

cbj

www.cbj-verlag.de

Reiner Engelmann

Der Fotograf von Auschwitz

ca. 172 Seiten, ISBN 978-3-570-15919-4

Als Wilhelm Brasse mit 22 Jahren in das Stammlager Auschwitz eingeliefert wird, ahnt er nicht, dass er als gelernter Fotograf zum Dokumentarist des Grauens wird. Seine Aufgabe ist es, die KZ-Insassen zu fotografieren. Menschen, die kurze Zeit später in den Gaskammern umgebracht werden. Menschen, die von Josef Mengele zu »medizinischen Experimenten« missbraucht werden und denen die Todesangst ins Gesicht geschrieben steht. Hätte er die Arbeit verweigert, wäre das sein eigenes Todesurteil gewesen. Als Brasse 1945 alle Fotos verbrennen soll, widersetzt er sich, um Zeugnis zu geben von dem unfassbaren Grauen. Der Autor hat Wilhelm Brasse noch kennengelernt und schreibt sein Leben für Jugendliche auf. Ein erschütterndes Dokument – gegen das Vergessen.

20214

cbj

www.cbj-verlag.de

Brigitte Blobel

der rechte weg

296 Seiten, ISBN 978-3-570-15551-6

Linda ist wütend. Ihr Exfreund hat sie wegen einer Türkin verlassen, ausgerechnet. Noch dazu sollen in ihrem Dorf zweihundert syrische Flüchtlinge aufgenommen werden – laufen bald nur noch glutäugige Schönheiten durch die Straßen, die den Jungen den Kopf verdrehen? Auch ihre Eltern, die Fremdenzimmer vermieten, fürchten, dass bei den vielen Asylanten in der Stadt weniger Gäste kommen. Linda nimmt an einer Demo gegen die Flüchtlinge teil und lernt eine Gruppe Jugendlicher kennen, die genauso denken wie sie – nur noch radikaler. Linda macht mit, lässt ihrer Wut freien Lauf. Und gerät in einen Strudel, aus dem es kaum ein Entkommen gibt …

20213

cbj

www.cbj-verlag.de

Jürgen Seidel
Blumen für den Führer

ca. 320 Seiten, ISBN 978-3-570-13874-8

Sommer 1936. Die 15-jährige Reni wird dazu auserwählt, Hitler bei der Eröffnung der Olympischen Sommerspiele einen Blumenstrauß zu überreichen. Reni ist überwältigt – sie, das Waisenkind, darf den Reichskanzler treffen. Doch das große Glück kommt nicht von ungefähr. Reni ist nämlich gar kein Waisenkind, und ihr Vater gehört zu den einflussreichsten Kreisen des aufstrebenden Nazi-Regimes. Er will seine hübsche blonde und blauäugige Tochter künftig vorteilhaft einsetzen – und untersagt ihr rigoros den Umgang mit den so genannten »Subjekten«. Vor allem meint er damit Jockel, den Jungen, in den sie sich bis über beide Ohren verliebt hat ...